DER PARFÜMIERTE TANNENBAUM

Weihnachten mit Hans Fallada

aufbau

»Fröhliche Weihnachten«
Farblithographie, um 1910

DER PARFÜMIERTE TANNENBAUM

Weihnachten mit Hans Fallada

aufbau

Herausgegeben
von Jens Dittmar

MIX
Papier aus verantwortungsvollen Quellen
FSC® C083411

ISBN 978-3-351-03490-0

Aufbau ist eine Marke der Aufbau Verlag GmbH & Co. KG

1. Auflage 2019

Die Originalausgabe erschien 2000 bei Aufbau,
einer Marke der Aufbau Verlag GmbH & Co. KG
Einbandgestaltung zero-media.net, München, unter
Verwendung eines Motives von © duncan1890/getty images
Satz LVD GmbH, Berlin
Druck und Binden CPI books GmbH, Leck, Germany
Printed in Germany

www.aufbau-verlag.de

Inhalt

Weihnachten in Berlin

In Berlin halten die Weihnachtsbäume zeitig ihren Einzug auf Straßen und Plätzen. Dann fangen wir Kinder an, Vater zu drängen, daß er auch einen Baum besorgt. Zuerst verschanzt sich Vater dahinter, daß das überhaupt nicht seine Sache sei, sondern die des Weihnachtsmanns. Natürlich kommt er damit bei uns nicht mehr durch, selbst Ede glaubt nicht mehr an diese Figur, seit beim letzten Fest Herrn Markuleits, unseres Portiers, Schuhe unter Vaters umgedrehtem Gehpelz erkannt wurden. Nein, Vater soll machen und einen Baum kaufen. Auf dem Winterfeldplatz gab es die schönsten.

Schließlich versprach Vater sich umzusehen, in diesen Tagen habe er aber noch nicht recht Zeit dafür. Doch wir ließen nicht nach mit Drängen. Schließlich ging Vater, und wir alle erwarteten seine Rückkehr mit Spannung. Natürlich kam er leer zurück. Das hatten wir auch nicht anders erwartet, denn Vater kaufte nie etwas sofort. Er erkundigte sich erst überall, wo er es am billigsten bekäme. Aber Vater kam auch recht niedergedrückt heim: Die Weihnachtsbäume waren in diesem Jahre unerschwinglich teuer! Er hatte uns doch recht verstanden, wir wollten wieder einen Baum vom Fußboden bis zur Decke –? Nun also, so etwas hatte er sich schon gedacht, aber solche Bäume gab es nicht unter neun Mark, und mehr als fünf wollte er keinesfalls anlegen … Wenn wir uns freilich mit einem auf den Tisch gestellten Bäumlein begnügen wollten –?

Wir schrien Protest. Es gelang dem Vater immer wieder, unsere Leidenschaft und unsern Zweifel zu erregen, obwohl sich alljährlich das gleiche Spiel wiederholte. Wir wußten ja, daß Vater wirklich *sehr* sparsam war, es war ja möglich, daß Weihnachtsbäume in diesem Jahre besonders teuer waren.

Von nun an kam Vater fast alltäglich mit neuen Geschichten über Weihnachtsbäume heim. Und diese Geschichten klangen so echt, mit ihren drastischen Berolinismen, daß wir immer sicherer wurden, Vater war wirklich auf der Suche nach einem Tannenbaum, hatte aber noch keinen gefunden.

Er erzählte uns, wie er am Viktoria-Luise-Platz beinahe, beinahe einen herrlichen Baum gekauft hatte, als er im letzten Augenblick merkte, daß die meisten seiner Zweige nicht an ihm gewachsen, sondern in eingebohrte Löcher gesteckt waren. Vater berichtete von windschiefen Tannenbäumen und von solchen, die jetzt schon nadelten, und von krummen Bäumen. Am Bayrischen Platz hatte Vater einen Baum fast schon gekauft, er und der Händler waren nur noch um fünfundzwanzig Pfennige auseinander, da war ein Wagen vorgefahren, eine Damenstimme hatte gerufen: »Den Baum will ich!«, und fast aus Vaters Händen wurde der Baum zum Wagen getragen.

Vater tat sehr geheimnisvoll wegen der Käuferin. Er ließ es für möglich erscheinen, daß es vielleicht eine Prinzessin vom kaiserlichen Hof gewesen sei oder auch eine Hofdame, und er stellte uns vor, daß nun vielleicht des Kronprinzen Kinder mit »unserer Tanne« Weihnachten feierten!

Das versetzte unserer Phantasie einen Schwung, aber es verhalf uns immer noch nicht zu einer Tanne. Und das Fest zog näher und näher. Unser Drängen wurde heftiger. Aber nun wurde Vater plötzlich gleichgültig: Er habe diese ewige Lauferei nach Tannenbäumen satt, sie würden auch noch immer teurer. Nein, nun werde er bis zum 24. Dezember warten, wenige Stunden vor dem Heiligen Abend gingen die Händler immer mit ihren Preisen herunter, um den Rest loszuwerden. Freilich riskiere man, daß dann alles fort sei, aber er, Vater, nehme lieber ein solches Risiko in den Kauf, als daß er Wucherpreise zahle.

Wenn Vater so redete, schielte ich immer nach den Fältchen um seine Augen. Sie waren im allgemeinen sichere Anzeiger für Ernst oder Scherz. Aber Vater wußte selbst sehr gut, daß solche Anzeiger in seinem Gesicht saßen, beherrschte oder verbarg sie – kurz, er brachte uns alle in Unsicherheit. Wir suchten die ganze Wohnung ab, wir stiegen auf den Boden und in den Keller, wir fanden keine Tanne, wir verzweifelten.

(Einmal ist es mir bei einer solchen Nachsuche geschehen, daß ich auf Mutters Versteck stieß, in dem sie alle unsere Weihnachtsgeschenke verheimlichte. Ich konnte meiner Neugierde nicht widerstehen und sah sie alle an. Ich habe nie ein kläglicheres, freudloseres Weihnachtsfest als dies erlebt. Ich mußte noch Freude und Überraschung heucheln, und dabei war mir zum Heulen zumute! Von da an habe ich in der Weihnachtszeit meine Augen hartnäckig von jedem Paket, es mochte das harmloseste sein, fortgewendet.)

Also war es ausgemacht und beschlossen, Vater würde den Baum erst wenige Stunden vor der Bescherung kaufen. Wir waren von Angst erfüllt. Mit Kummer sahen wir die Bestände an Weihnachtsbäumen dahinschwinden, wir flehten Vater an, aber Vater schien unerbittlich.

Dafür hatte er ein neues Spiel erfunden, er ließ uns unsere Geschenke raten. Jeder bekam ein Rätsel auf wie dieses: »Es ist rund und aus Holz. Aber es ist auch eckig und aus Metall. Es ist neu und doch über tausend Jahre alt. Es ist leicht und doch schwer. Das bekommst du zu Weihnachten, Hans!«

Da konnte man lange raten! Mutter zwar schrie manchmal Weh und Ach. »Das ist zu leicht, Vater. Das muß er ja raten! Du nimmst ihm ja die Vorfreude!«

Aber Vater war seiner Sache sicher, und ich erinnere mich wirklich nicht eines einzigen Males, daß ich ein Geschenk erraten hätte.

Unter all diesen Vorbereitungen nahte das Fest. Am 24. Dezember stand Vater ungewohnt früh auf und zog sich mit Mutter ins Weihnachtszimmer, wie nun sein Arbeitszimmer hieß, zurück. Über Weihnachten ruhte alle Arbeit bei ihm. Da wollte er seine Familie ganz für sich haben. Für alle Fälle versuchten wir die Schlüssellöcher, trotzdem wir Vaters Vorsicht kannten: Er verhängte sie immer zuerst. Geheimnisvoll verdeckte Gegenstände wurden durch die Wohnung getragen. Alle lächelten, sogar die meist brummige Minna.

Der Vormittag ging für uns Kinder noch so einigermaßen hin. Meist waren wir mit unsern Geschenken für Eltern und Geschwister noch nicht fertig. Mit Eifer wurde laubgesägt, kerbgeschnitzt, spruchgebrannt, gehäkelt und gestickt, und was es da alles sonst noch für Beschäftigungen gab, durch die man in damaligen Zeiten die Wohnungen immer mehr mit Scheuel und Greuel anfüllte.

Zum Mittagessen gab es immer Rindfleisch mit Brühkartoffeln. Mutter vertrat den Standpunkt, daß wir uns noch früh genug den Magen verderben würden und vorher nicht einfach genug essen könnten. Nach dem Essen aber stieg unsere Spannung so sehr, daß wir eine Pest wurden, aus lauter Kribbligkeit und Erwartung brachen ständig Streitigkeiten zwischen uns aus. Schließlich jagte uns Vater auf die Straße mit dem Machtwort, nicht vor sechs Uhr nach Haus zu kommen, eher fange die Bescherung doch nicht an.

Meist trennten wir vier Geschwister uns sofort, wenn wir auf die Straße kamen. Die Schwestern gingen für sich, und ich machte mich mit Ede auf, um die schon hundertmal besichtigten Schaufenster der Spielwarenläden noch einmal anzusehen. Da stellten wir dann fest, was mittlerweile aus den Schaufenstern genommen war, und machten Pläne für das, was wir uns zum nächsten Weihnachtsfest wünschen wollten. Aber die Zeit wurde uns sehr lang, es schien überhaupt nicht dunkel werden zu wollen, und sonst kam die Dämmerung immer so schnell!

Wir gingen und gingen, aber die Zeit verging nicht.

Dann kamen wir auf das Spiel, auf den Granitplatten des Bürgersteigs so zu gehen, daß nie auf eine Ritze getreten wurde. Auch durfte man auf jeden Stein nur einmal treten. Gelang es, so bis zur nächsten Straßenecke zu kommen, so wurde ein Lieblingswunsch erfüllt. Dies war also unser Orakel, und es war gar nicht so leicht! Denn manche Steine waren für unsere Kinderbeine sehr breit, auch verlangten entgegenkommende Erwachsene, daß wir ihnen den Weg frei machten, und neben den Granitplatten lag Kleinpflaster – dann ade, Lieblingswunsch!

Schließlich war es doch dämmrig geworden. Wir warteten so lange, bis in irgendeinem Fenster der erste Baum brannte, dann stürzten wir nach Haus mit dem Geschrei: »Die Weihnachtsbäume brennen schon überall! Warum geht's denn bei uns noch nicht los?«

Meist waren die Schwestern kurz vor uns eingetroffen oder kamen gleich hinterher, und meist waren die Eltern dann auch soweit, und wir brauchten nicht länger am Spieße zu zappeln, wie Vater das nannte.

Ich erinnere mich aber auch, daß ich einmal direkt vor der Bescherung noch zu einem Kaufmann in die Martin-Luther-Straße geschickt wurde, um Tomatenmark einzukaufen. Tomatenmark oder, wie man damals noch sagte: Tomatenpüree war zu jener

Zeit noch eine teure Sache. Es wurde in kurzen gedrungenen Flaschen verkauft, und die Flasche kostete eine Mark.

Ich bekam also eine Mark in die Hand gedrückt und zog los. Es war ein schneidend kalter Wintertag, und ich war schon von dem vorhergehenden Straßenlaufen ganz durchkältet, so lief ich, so rasch ich nur konnte, zum Kaufmann. Meine Hände waren starr, und die Flasche in ihnen, mit der ich aus dem Laden trat, schien sie noch mehr zu durchkälten. Ich klemmte sie also unter den Arm, steckte die Hände in die Manteltaschen und machte, daß ich nach Haus kam. Kurz vor dem Ziel aber geschah das Unglück: Die Flasche glitt unter meinem Arm hervor, klacks! machte sie, und ein blutroter Fleck breitete sich rasch auf dem Schnee aus. Ich stand angedonnert davor …

Nun waren die Eltern gar nicht »so«, ein derartiger Unglücksfall hätte mir nicht mehr als einen leichten Vorwurf und die Mahnung, doch endlich etwas besser aufzupassen, eingetragen. Aber die Festvorfreude, die Ungeduld, schnell zur Bescherung zu kommen, oder auch der Frost in allen Gliedern – ich bin immer ein Frostpeter gewesen – müssen mich völlig verwirrt haben. Ich stand wie gelähmt vor dem roten Fleck im Schnee, bohrte die Knöchel in die Augen und fing jämmerlich an zu weinen.

Trotzdem es in dieser Stunde vor der Bescherung eigentlich alle eilig hatten, sammelte sich bald ein kleiner Kreis um mich, denn zuzusehen hat der Berliner immer Zeit. Vom milden Trost bis zur urwüchsigen Veräppelung fehlte mir bald nichts. Ich erinnere mich noch, daß mir ein besonders hartnäckiger Witzbold immer wieder die Hand auf den Kopf legte und mich zwingen wollte, das Zeug aufzulecken: »Freut sich Mutta doch, det de's wenigstens im Bauche hast!«

Wäre ich nicht so eng umstanden gewesen, hätte ich mich längst auf die Beine gemacht, aber so erschien die Situation ziemlich hoffnungslos.

Plötzlich fragte eine etwas schleppende Stimme: »Was heulste, Junge?«

Ein Mann drängte sich in den Kreis. Ich sah hoch und erkannte *ihn*, mein geheimes Idol! Er besah den roten Tümpel, »Tomatenpüree, was?« fragte er militärisch kurz. Ich nickte nur. »Kostet wieviel?« Ich schluchzte: »Eine Mark! «

»Hier hast 'ne Mark, Jung«, sagte er. »Weil heute

Weihnachten ist. Laß die Pulle aber nicht noch mal fallen!«

Und damit machte er mir den Weg frei, und ich schoß wie ein Pfeil, noch immer etwas schluchzend, in die Martin-Luther-Straße.

Der Gedanke, daß mir grade mein geheimes Idol diese Mark geschenkt hatte, machte mich so glücklich, daß darüber im Augenblick sogar die Festfreude zurücktrat. Ich liebte diesen Mann schon lange aus der Ferne, ich bewunderte ihn, trotzdem er zweifelsfrei ein Mann und kein Herr war, ein Unterschied, den wir Kinder sehr genau machen lernten. Er mußte in einem der Häuser in unserer Nähe wohnen, und wenn wir auf der Straße spielten, sah ich ihn im Sommer wie im Winter zwischen fünf und sechs Uhr vorübergehen. Dann sah ich ihn so lange an, wie es nur irgend ging.

Er trug eine Uniform, er war aber bestimmt nichts Militärisches, wahrscheinlich eher ein städtischer Beamter. Er ging ganz grade, den Kopf etwas im Nacken und die Augen in dem fahlen Gesicht halb geschlossen. Mit diesen halbgeschlossenen Augen und einer Miene gleichgültiger Kennerschaft musterte er alle vorübergehenden Mädchen und

Frauen, und trotzdem ich noch ein völliges Kind war, merkte ich doch, daß dieses Mustern auf viele einen Eindruck machte. Sie drehten sich oft nach ihm um, er sich aber nie. Ich habe ihn auch nie mit einem weiblichen Wesen gesehen, er ging immer allein. Er wird wohl einer jener gewissenlosen Frauenjäger gewesen sein, die nur im Dunkeln auf Beute ausgehen, ein wahres Ekel.

Aber damals war er mein Idol, und zwar vor allem wegen seiner Kopfhaltung und der halbgeschlossenen Lider. Zu einer gewissen Zeit war meine Bewunderung für ihn so sehr gestiegen, daß ich mir vor dem Spiegel diese Kopfhaltung und diesen Blick einübte. Das hatte seine gewissen Schwierigkeiten, denn wenn ich die Lider wirklich halb schloß, konnte ich mich im Spiegel nicht recht erkennen. Aber schließlich war ich mit dem Ergebnis meiner Übungen zufrieden und beschloß, damit vor ein größeres Publikum zu gehen.

Im Hause verbot sich das, Vater hielt etwas auf grade Haltung und offenen Blick. Auch ist die Familie ein schlechtes Publikum für außergewöhnliche Leistungen: Der Prophet gilt nichts in seinem Vaterlande.

Also ging ich auf die Straße und promenierte dort auf und ab, in ebenjener einstudierten Haltung: den Kopf zurückgelehnt und die Augen halb geschlossen, die Hände aber hatte ich auf den Rücken gelegt und stolzierte so auf und ab. Ich erregte nicht ganz das Aufsehen, das ich erwartet hatte. So verstärkte ich meine zuerst nur schüchtern angenommene Pose zur vollen Wirkung – und plötzlich schlug ein Herr auf meine Schultern. »Junge, schlaf nur nicht auf der Straße ein!« schrie er. »Mach gefälligst die Augen auf!«

Es war eine bittere Enttäuschung, und mit einem Schlage gab ich alle Versuche auf, ebenso dämonisch zu wirken wie jener Uniformierte. Aber meiner Verehrung für ihn tat dies keinen Eintrag, im Gegenteil, sie wurde eher noch glühender. Man kann sich danach denken, mit welchem Glück es mich erfüllte, daß grade mein Idol mir eine Mark geschenkt hatte. Ich flog wie von Engelfittichen getragen fort und heim. Ich nehme an, diesmal habe ich das Tomatenmark heil nach Haus gebracht, und die Bescherung konnte ihren Anfang nehmen.

Für die letzte Viertelstunde scheuchte Vater auch noch Mutter aus dem Weihnachtszimmer. Er baute ihr noch rasch seine Geschenke auf, auch war es sein eifersüchtig verteidigtes Vorrecht, die Lichter am Baum zu entzünden. In fliegender Hast warf Mutter sich in Gala, wobei sie noch uns auf Sauberkeit und Ordnung prüfte.

Nun versammelten wir uns schon alle erwartungsvoll auf dem Flur, die Herzen schlugen schneller, die Hoffnungen wurden immer ausschweifender. Ich ertappe mich dabei, daß ich vor lauter Aufregung die Fäuste fest geballt habe und immerzu vor mich hin flüstere: »Au Backe! Au Backe! Au Backe!« Auch Edes Lippen bewegen sich stumm, ich weiß schon, er sagt sich noch einmal das Weihnachtsgedicht auf, das er gleich wird deklamieren müssen ... Nun, in diesem spannendsten Moment, werde ich von der Mutter in die Küche geschickt, um die alte Minna zur Eile anzutreiben. Christa ist längst hier ...

Minna ist noch beim Haarmachen. Ihr dunkles spärliches Haar steht in lauter kurzen Mäuseschwänzchen steil vom Kopfe ab. Jedes Schwänzchen wird sorgfältig mit Ochsenpfotenfett, einer Stangenpomade, eingerieben. Ich flehe Minna an, sich zu beeilen, obwohl ich aus Erfahrung weiß, daß jedes Hetzen bei Minna nur die Wirkung hat, sie noch zu verlangsamen, und kehre zu Mutter zurück, um ihr Bericht zu erstatten. Mutter entscheidet, daß wir auf Minna warten müssen. Aus dem Bescherungszimmer klingt eine rauhe Stimme: »Seid ihr auch alle artig?«

Wir brüllen begeistert: »Ja!«

Die Stimme fragt weiter: »Habt ihr euch auch alle die Zähne geputzt?«

Wir brüllen ebenso begeistert: »Nein!«

Und die Stimme fragt zum dritten Male: »Seid ihr denn auch alle fertig?«

Wir brüllen eiligst wieder ein »Ja!«, aber Mutter fügt hastig hinzu: »Wir müssen noch auf Minna warten!«

»Na, denn wartet man!« ruft die Stimme, und hinter der Tür wird es wieder still.

Aber ein Geruch von brennenden Kerzen und Tannennadeln hat sich doch auf dem Flur verbreitet. Unsere Aufregung kann nun nicht mehr höher steigen. Ich tanze auf einem Bein wie ein Irrwisch umher, Ede sieht bleich vor Aufregung aus. Plötzlich geht er, fast finster vor Entschlossenheit, auf Christa zu, nimmt ihre Hand und küßt sie!

Christa wird puterrot und reißt ihm die Hand fort. Wir andern brechen in ein verblüfftes Lachen aus.

»Warum hast du das denn bloß gemacht, Ede?« ruft Mutter verwundert.

»Nur so!« antwortet er ohne alle Verlegenheit. »Irgend etwas muß man doch tun, und mir war grade so! Man wird ja verrückt vor lauter Warten!«

Nach diesen abgerissen hervorgestoßenen Sätzchen stellt er sich neben mich und haut mich mit der geballten Faust auf den Bizeps. Alle Vorbedingungen für die schönste Keilerei sind gegeben, aber ...

Aber da erscheint endlich Minna! Ich finde, ihr glatt an den Schädel geschmiertes Haar sieht nicht anders aus als sonst, darum hätte sie uns wirklich nicht so lange warten lassen müssen!

Mutter ruft: »Vater, wir sind soweit!«, und fast augenblicklich ertönt das silberne Bimmeln eines kleinen Glöckchens. Sofort nehmen wir Aufstellung, und zwar ist nach dem Alter anzutreten, was auch genau der Größe entspricht. Wir stehen hintereinander wie die Orgelpfeifen, nur die zu kurz geratene Minna zwischen Christa und der Mutter stört ...

Die Tür zum Bescherungszimmer fliegt auf, eine

strahlende Helligkeit begrüßt uns. Geführt von Ede, rücken wir im Gänsemarsch ein. Vater, am Flügel sitzend, sieht uns mit einem glücklichen Lächeln entgegen.

Nach geheiligtem Gesetz dürfen wir weder rechts noch links schauen, wir haben schnurstracks auf den Baum loszumarschieren und vor ihm Aufstellung zu nehmen, nach dem Satz: Erst kommt die Pflicht, dann das Vergnügen. Die Pflichterfüllung aber besteht darin, daß Vater nach einem kurzen Vorspiel das Lied »Stille Nacht, heilige Nacht« spielt, nun setzen wir ein, und es wird gesungen. Das heißt, wir sind natürlich nicht wir, ich brumme nur so mit, und auch das gebe ich gleich wieder auf: Die klettern ja auf alle Gipfel!

Unterdes mustere ich den Baum. Jawohl, es ist doch wieder ein Weihnachtsbaum geworden, wie er sein soll, vom Fußboden bis zur Decke. Vater hat uns also doch wieder reingelegt, denn diesen Baum hat er bestimmt nicht erst in der letzten Stunde gekauft! Wo er ihn nur so lange versteckt haben mag?! Im nächsten Jahre falle ich aber bestimmt nicht wieder darauf rein!

Der Baum trägt all den bunten Schmuck, den wir

seit unsern frühesten Kindertagen kennen, Gold und Silber, bunte Papierketten, allerlei geometrische Figuren in Rhombengestalt, Vielecke, bei denen jede Seite anders bunt ist, Erzeugnisse unserer Pappklebereien an langen Winterabenden. Dazu uralter wächserner Schmuck noch aus Vaters Elternhaus, zart bemalte Engelchen und vor allem ein Kanarienvogel in grünem Ring, den Mutter jedes Jahr von neuem verbannt wissen will, denn es fehlt ihm die ganze Hinterfront. Aber Vater besteht mit uns Kindern auf seiner Anwesenheit, er gehört zu unsern Weihnachten. Dazu aber trägt der Baum in Fülle bunte Zuckerringe und Brezeln, schwarze Schokoladenfiguren, vergoldete Nüsse. Siehe da, nichts ist vergessen, auch die traditionellen Knallbonbons entdecke ich, mit denen wir bei der Baumplünderung Silvesterabend das neue Jahr einschießen werden!

Der Gesang ist beendet. Vater tritt in unsern Kreis und sagt ermunternd: »Nun los, Ede, nur Mut!«

Und Ede fängt nach kurzem Räuspern an, sein Weihnachtsgedicht aufzusagen. Es dauert nicht lange, und nun bin ich daran. Mein Teil ist die Weihnachtsgeschichte: »Es begab sich aber zu der Zeit, daß ein Gebot von dem Kaiser Augustus ausging, daß alle Welt geschätzet würde ...« Ich weiß eigentlich gar nicht, wieso grade ich immer dazu kam, an der Weihnachtsgeschichte klebenzubleiben, die andern hatten es mit ihren kürzeren Verschen viel bequemer. Die Annahme, daß meine Eltern schon damals erkannt hatten, ich eigne mich mehr für Prosa als für Lyrik, scheint mir doch etwas gewagt.

Ich erledige meine Geschichte glatt, und nun sind die Schwestern dran. Gottlob gibt es auch bei ihnen keine Schwierigkeiten. Einmal nämlich war Fiete zu faul gewesen, ein Weihnachtsgedicht zu lernen, und hatte einfach das letzte in der Schule gelernte Gedicht als Ersatz geliefert. Es war das schöne Bürgersche »Lenore fuhr ums Morgenrot«, worunter ich mir damals Lenore auf dem Wagen des Sonnengottes um das Morgenrot herumfahrend dachte. Aber so schön dies Gedicht auch sein mochte, es hatte einige Erregung, Tränen, Verzögerung der Bescherung gegeben ... Gottlob war Heiliger Abend, an dem alles verziehen und vergeben wird!

Während die Schwestern aufsagen, schiele ich

doch schon nach den Tischen. Ich möchte doch wenigstens sehen, wo mein Tisch steht, damit ich ihn nachher gleich finde. Im vorigen Jahr stand er beim Ofen. Aber beim ersten Umherschauen blendet mich eine solche Fülle von weißen Tischtüchern, Kerzchen, Bücherreihen, bunt lackiertem Zeug auf jedem Tisch, daß ich überhaupt keine Einzelheiten sehe. Und schon ist Vater hinter mir, dreht meinen Kopf wieder zum Baum und flüstert: »Willst du wohl mal nicht schielen! Alle Geschenke fliegen fort, wenn du schielst!«

Das glaubte ich nun freilich nicht mehr, aber es schien mir doch weise, Vaters Aufforderung zu folgen.

Gottlob ist Itzenplitz jetzt endlich auch fertig. Was hat sie eigentlich aufgesagt? Ich habe kein Wort gehört! Nun gehen wir bei allen umher, allen wünschen wir ein fröhliches Weihnachtsfest, von den Eltern bekommen wir einen Kuß, und nun ertönt endlich, endlich, endlich der Ruf: »Und jetzt sucht sich jeder seinen Tisch!«

Einen Augenblick Verwirrung, Durcheinanderlaufen – und Stille! Tiefe Stille!

Jeder steht fast atemlos vor seinem Tisch. Noch

wird nichts angefaßt, nur angeschaut. Also, da ist er nun wirklich, der lang ersehnte Anker-Brückenbaukasten. Endlich werde ich Cäsar seine Brücke über den Rhein schlagen lassen können. Und da steht Hagenbecks »Leben mit meinen Tieren«. Und daneben, wahrhaftig! ein Nansen, mein erster Nansen! Gott, ich werde zu lesen haben in diesen Weihnachtstagen ... Und da, in runden Holzschachteln, römische Legionen, Germanen und wirklich auch griechische Streitwagen! Ich werde eine Schlacht schlagen können –! Ich atme tief auf! Gott, ist das alles schön! Sie sind alle so gut zu mir, und ich bin oft so ruppig! Aber von jetzt an wird alles ganz anders werden, ich will ihnen nur noch Freude machen! Und aufgeregt fange ich an, die Bleisoldaten Schicht für Schicht aus den Schachteln zu nehmen ...

Die Stille im Bescherungszimmer ist einem freudigen Lärm gewichen, überall wird gezeigt, gerufen ... Schon wird hin und her gelaufen, die Schwestern haben einen ersten Überblick gewonnen und sind nun neugierig ... Vater und Mutter lassen sich bald an diesem, bald an jenem Tisch sehen. Mutter besteht darauf, daß wir auch das »Nützliche« würdigen: neue Unterhosen oder einen Anzug. Aber das

Nützliche ist uns egal, Unterhosen hätten wir sowieso haben müssen. Unterhosen sind nicht Weihnachten, aber Bleisoldaten sind es! Ein bunter Teller ist es, der überquillt von Süßigkeiten. Mit scharfem Blick mustere ich die Anzahl der Apfelsinen und Mandarinen auf dem Teller. Es sind beruhigend wenig, die Hauptsache besteht aus guter solider Lekkerei zum Magenverderben. Und als Reserve ist da immer noch der Weihnachtsbaum mit seinem Behang. Es ist zwar verboten, an seine Süßigkeiten vor Silvester, vor der Plünderung zu gehen, aber jedes Stück kennt Vater doch nicht, und in der Weihnachtszeit sind alle Verbote gelockert.

Das Ergebnis war regelmäßig, da die Geschwister ebenso dachten, daß am Silvesterabend die Vorderseite des Baums einen freilich nur spärlichen Paradebehang aufwies. Die Rückseite aber war ratzekahl. Worüber sich Vater ebenso regelmäßig ärgerte, aber nur mäßig, nur weihnachtlich.

Plötzlich tönt ein verzweifeltes Schluchzen durch den Baum. Wir alle fahren hoch und starren. Es ist Christa, die zum erstenmal das Weihnachtsfest fern dem elterlichen Haus verlebt. Der Kummer und die Freude im Verein haben sie überwältigt …

»Ach, ich bin ja so unglücklich! Ach, wenn ich doch zu Haus sein könnte! Ach, Frau Rat, Sie meinen es ja so gut, und die Nachthemden sind viel zu schön für mich, aber wenn ich sie doch nur für fünf Minuten meiner Mutter zeigen könnte! Ach, ich habe ja alles gar nicht verdient! Nein, ich habe es nicht, Frau Rat! Den Saucenrest in der letzten Woche, den Frau Rat so gesucht hat, den habe ich genascht! Und zwei Kalbsbratenscheiben habe ich auch gegessen! Aber sonst nichts, sonst bestimmt nichts! Und nun soll ich wirklich das schöne Nachthemd anziehen – nein, ich bin ja so unglücklich!«

Das Schluchzen verlor sich in der Ferne. Mutter führte die Gebrochene in stillere, für Beichten geeignetere Räume ab.

Haben wir nun alles gesehen? Können wir nun anfangen mit Spielen und Naschen und Lesen? Nein, denn nun fängt die Bescherung noch einmal an! Wir haben ja so viele Tanten und Onkel: Was die sich zum Weihnachtsfest für uns ausgedacht haben, liegt noch säuberlich verpackt in Paketen, wie sie der Postbote brachte, unter Vaters Schreibtisch. Wir versammeln uns um Vater, auch Mutter ist wieder da, die Mädchen sind in der Küche und legen die letzte Hand an das Abendessen, es fängt nun an die Bescherung nach der Bescherung, die Festfreude in der Festfreude.

Aber das geht nicht so schnell, denn bei Vater muß alles ordentlich zugehen, mit Bedächtigkeit. Er nimmt das erste Paket, er verkündet: »Von Tante Hermine und Onkel Peter«, und vorsichtig fängt er an, den Bindfaden aufzuknoten. In diesem Hause darf nie ein Bindfaden aufgeschnitten werden, alles wird geknüppert, und sei es aus noch soviel Enden gestückt, mit dicken Knoten verunziert. Zappelig sehen wir Kinder zu. Der Knoten will ja gar nicht aufgehen. Aber Vater hat die Ruhe, wenn wir sie nicht haben. Kunstvoll schlingt er jetzt aus dem abgelösten Bindfaden ein Gebilde, das wir den »Rettungsring« nennen. »Ede, den Bindfadenkasten!« ruft Vater, und Ede trägt ihn herzu. Der Rettungsring wird zu andern schon gesammelten gelegt, bereit zur nächsten Benutzung. Das Packpapier wird methodisch zusammengelegt – und der darunter sichtbare Karton ist noch einmal verschnürt!

Wir Kinder verzweifeln fast vor Ungeduld. Nochmaliges Knüppern und Zusammenrollen. Nun aber wird der Deckel vom Karton abgenommen – und auf dem weißen, alles verhüllenden Seidenpapier liegt der Weihnachtsbrief.

Ein nochmaliger langer Aufenthalt, erst wird der Brief vorgelesen, ehe das Paket ausgepackt wird. Und manche Briefe sind sehr lang, fast ebenso lang wie langweilig, finden wenigstens wir Kinder.

Aber endlich ist es dann soweit. Es wird ausgepackt, es wird verteilt. Die einen freuen sich, die andern versuchen, ihre Enttäuschung zu verbergen. Es ist oft nicht leicht für die Onkel und Tanten, das Rechte zu treffen. Die uns länger nicht besucht haben, halten uns noch für die reinen Babys, sie haben keine Ahnung, wie wir zugenommen haben an Weisheit und Verstand …

Der leere Karton wird beiseite gesetzt, die Geschenke zu den Tischen getragen, und nun kommt ein neuer Karton an die Reihe. »Von Onkel Albert!« verkündet der Vater.

So geht es langsam durch zehn oder zwölf Pakete, unsere Geduld wird auf eine harte Probe gestellt. Aber vielleicht ist es grade das, was Vater mit dieser übertriebenen Langsamkeit erreichen will: Wir sollen warten lernen. »Kinder dürfen nicht gierig sein!« Dies war ein Fundamentalsatz unserer Erziehung.

(Ich dachte damals oft, wenn ich ihn hörte: Also dürfen die großen Leute gierig sein? Die haben's aber gut!) »Sei bloß nicht so gierig«, diese Mahnung ist mir hundert-, tausendmal in meiner Jugend zugerufen worden.

Aber die Gierigste von uns allen war unbestreitbar unsere Schwester Fiete. Vor allem konnte sie sich nie vor Kuchen und süßen Speisen bezähmen. Wenn Mutter sie auf irgendeinen Besuch mitnahm, so gierte Fiete ewig nach dem Kuchen, und wenn sie nicht reden durfte, so bettelten ihre Augen so deutlich, daß sich jede Gastgeberin ihrer erbarmte.

Mutter war ganz verzweifelt darüber und beschloß, daß endlich ein Exempel statuiert werden müsse. Das Gieren müsse ein Ende nehmen. Also verabredete sie mit der nächsten Gastgeberin, bei der sie mit Fiete auftauchen wollte, daß Fiete unter keinen Umständen ein Stück Kuchen haben solle. Sie müsse einsehen lernen, daß es auch einmal so gehe.

Auf dem Hinweg wurde Fiete wiederum eingeschärft, daß sie nicht betteln dürfe, keine Blicke zu werfen habe, daß sie ruhig sitzen solle, kurzum, daß sie musterhaft artig zu sein habe.

Es ging alles auch wunderbar, Fiete bekam keinen Kuchen und gierte doch nicht. Man stand auf, man sagte einander Lebewohl, man stand schon an der Tür, da machte Fiete kehrt, lief an den Kaffeetisch, pflanzte alle fünf Finger in die Torte und rief: »Adieu, Kuchen!«

Soviel über das Abgewöhnen kindlichen Gierens.

Schließlich ging auch das Pakete-Auspacken zu Ende. Unsere Tische konnten schon alle Geschenke nicht mehr fassen, sie wurden schon darunter gesetzt, und ganz ehrlich seufzte ich einmal: »Es ist ja alles viel zuviel!« Meine Eltern seufzten auch und dachten dasselbe. Es kam eben durch die ausgebreitete, geschenkfreudige Verwandtschaft. Die Eltern waren gar nicht für die übertriebene Schenkerei, sie hielten sich in ganz bestimmten Grenzen. Für jedes Kind hatte Vater eine Summe ausgeworfen, die Mutter bei ihren Einkäufen nicht überschreiten sollte, darauf sah Vater sehr.

Diese kleine Pedanterie Vaters hatte einmal meinem Bruder Ede und mir ein ganzes Weihnachtsfest verdorben. Das kam so: Ich hatte mich dem Drama zugewendet und hatte mir ein Puppentheater gewünscht, mit der Dekoration zum »Freischütz«.

Schon lange, ehe Weihnachten war, hatte ich mir ausgedacht, wie wunderbar ich die Wolfsschlucht ausstatten wollte. Der Mond sollte transparent gemacht werden und mittels einer hinter ihm angebrachten Kerze richtig scheinen, auch war bereits im voraus Magnesium für Blitze beschafft. Ede hatte sich Bleifiguren zum »Robinson Crusoe« gewünscht.

Schon beim Aufsagen der Gedichte hatte ich die ragende Proszeniumswand des Puppentheaters entdeckt, mein Herz war freudig bewegt. Sobald wir das »Aufsagen« hinter uns hatten, stürzte ich zu »meinem Theater«. Jawohl, da war es, und grade die Dekoration zur Wolfsschlucht war aufgestellt. Ich betrachtete sie, starr vor Entzücken, sie übertraf alle meine Erwartungen!

Da aber war Vater hinter mir und sagte: »Nein, Hans, das ist nicht dein Tisch. Das ist Edes Tisch! Du bekommst den ›Robinson Crusoe‹!« Und als er mein bestürztes Gesicht sah, setzte er erklärend hinzu: »Sieh mal, Hans, du bist beim letzten Weihnachtsfest ein bißchen zu gut weggekommen und der Ede zu schlecht. Das Puppentheater ist viel teurer als die Bleifiguren, das muß also Ede bekommen ...«

Und er führte mich von der Wolfsschlucht fort zu dem albernen »Robinson«.

Wie gesagt, ein völlig verdorbenes Fest! Wir Brüder konnten schlecht unsere Enttäuschung verbergen, wollten es wohl auch gar nicht und rührten unsere Geschenke überhaupt nicht an. Dafür schielten wir um so intensiver zum Tisch des andern. Mein guter Vater sah das wohl und fing an, sich erst gelinde, dann kräftig zu ärgern. Ein paar energische Scheltworte konnten unsere Festfreude auch nicht heben. Schließlich bekamen wir den dienstlichen Befehl, gefälligst nicht zu maulen, sondern mit unsern Geschenken zu spielen. Wir taten es mit so herausfordernder Lieblosigkeit, daß Vater uns zornentbrannt ins Bett steckte. Manchmal verlor eben auch er die Geduld – und hatte nun auch sein verdorbenes Fest!

Oft bin ich später gefragt worden, warum wir Brüder die Geschenke nicht einfach nach dem Fest untereinander austauschten. Aber wer so fragt, kennt unsern Vater nicht. Grade weil wir am Festabend gemuckscht und getrotzt hatten, sah er darauf und kontrollierte es auch, daß nach seinem Befehl gehandelt wurde. So gütig und geduldig er auch war, so empfindlich war er doch auch gegen jede Auflehnung, und wo er gar etwas wie Gehorsamsverweigerung spürte, wurde er unerbittlich. Gehorsam mußte sein, das war ein Grundsatz bei ihm, an dem nicht gerüttelt werden durfte.

In solchen Fällen war er dann auch taub gegen alle Fürbitten der Mutter, die nach Frauenart nicht viel von Prinzipien hielt, sondern lebensklüger vom einzelnen Fall ausging. Für Vater war die Sache sehr einfach: Ich hatte das vorige Mal zuviel bekommen, also bekam ich jetzt wenig, das mußte der Dümmste verstehen. Auf den Gedanken, daß es uns Kindern ganz gleich war, wieviel Geld ein Geschenk kostete, ist er leider nicht gekommen. Für Ede war das teure Puppentheater nicht eine Mark wert, der »Robinson« aber viele Hunderte, wenn man Freude überhaupt in Geld ausdrücken kann ...

Es waren dies eben die Schattenseiten von Vaters großer Sparsamkeit und Genauigkeit. So kraß wie in diesem einen Falle haben wir sie freilich sonst nie zu fühlen bekommen. Aber ich weiß doch noch, daß es manchmal kleine Differenzen zwischen Vater und Mutter wegen des Haushaltsgeldes gab. Mutter war mit den Jahren eine wahre Künstlerin geworden, sich »einzurichten«. Aber Vater hatte sich einen Jahresvoranschlag gemacht, in dem alles bis auf das Kleinste berücksichtigt war, im Monat war soundso viel vom Gehalt zurückzulegen. Jede Nachforderung zwang ihn nun, seine Pläne umzustoßen, zur Bank zu gehen, vom »Ersparten« etwas abzuheben, alles Dinge, die ihn aufs äußerste beunruhigten. »Wir wollen doch vorwärtskommen«, klagte er dann.

Wenn Mutter dann antwortete, so müßten wir eben auf Logierbesuch verzichten, blieb er dabei, es müsse sich doch einrichten lassen, wo sechs satt würden, fänden auch sieben ihr Brot, ein Satz, dessen Richtigkeit jede Hausfrau bezweifelt.

Wahrscheinlich infolge dieser genauen Rechnerei von Vater hatte sich bei uns Kindern der Mythos gebildet, Vater habe seit unserer Geburt jeden Pfennig für jedes einzelne von uns angeschrieben, und wer mehr als die andern bekommen habe, dem werde das dermaleinst vom Erbteil abgezogen. Dieses sagenhafte Kontobuch spielte in den Gesprächen und Gedanken von uns Kindern eine große Rolle. Es hatte aber sein Gutes: Wir wurden nie neidisch aufeinander. Bekam Fiete ein neues Kleid und paradierte damit vor Itzenplitz, so sagte die nur wegwerfend: »Das wird dir ja doch von deinem Erbteil abgezogen!«

Fiete antwortete dann zwar: »Na laß doch! Das ist ja noch so lange hin!«, aber es dämpfte doch den Stolz.

Natürlich hat dies sagenhafte Kontobuch nie existiert, trotzdem wir noch als große Menschen ein ganz klein bißchen daran glaubten und uns bei Vaters Tode danach umsahen. Vater hatte ganz im Gegenteil verfügt, daß wir Geschwister ganz gleichmäßig erben sollten, ohne Rücksicht darauf, was eines »vorweg« empfangen hätte. Aber an sich glaube ich noch heute: Hätte Vater nur die nötige Zeit gehabt, er hätte ein solches Buch schon führen können. Er war dazu sehr wohl imstande. Nicht um uns am Ende Mehrsummen abzuziehen, sondern um der Gerechtigkeit willen. Keines von seinen Kindern sollte je denken, es habe etwas vor den andern voraus. –

Doch war dieses gar zu ausgerechnete Weihnachtsfest eine einzige Ausnahme unter vielen, vielen durch nichts getrübten. Wenn wir dann fertig beschert und ausgepackt hatten, ging es zum Essen. Wir Kinder freilich folgten an diesem Abend nur ungern dem Ruf zu Tisch, wir hätten viel lieber weiter mit unsern Spielsachen gespielt und unsern Hunger von den bunten Tellern gestillt.

Aber das wurde natürlich nicht geduldet. In weiser Voraussicht gab es am Heiligen Abend stets Heringsalat, Mutter meinte, vor soviel Süßigkeiten sei etwas Saures das Beste! Schließlich aßen wir doch alle mit gesundem Appetit von den vielen schönen Sachen, und die Begeisterung schlug hohe Wellen. Immerzu wurde davon gesprochen, was jeder von seinen Geschenken besonders mochte, ein Kind ließ kaum das andere zu Worte kommen, jedes wollte den Eltern etwas von seiner Freude erzählen.

Aber vor allem wurde Vater gefragt, was denn nun seine Rätsel zu bedeuten hätten, ich hatte die Lösung des meinen auf dem Tisch nicht finden können und bildete mir nun ein, Vater habe noch ein besonderes Geschenk in der Hinterhand.

»Das ist doch so leicht, Hans«, sagte Vater. »Deine Zinnsoldaten sind eckig, aber die Schachtel um sie rund. Sie ist auch leicht, und die Soldaten sind schwer. Römische Legionäre hat es vor tausend Jahren gegeben, und doch besitzt du sie heute. – Na, das zu raten war doch wirklich kein Kunststück, Hans!«

Und das fand ich nun auch.

Dann kam noch der lange Abend, an dem wir bis zehn aufbleiben durften. Während wir uns mit unsern Sachen abgaben – Itzenplitz las natürlich schon, als müsse sie ihre sämtlichen Bücher noch an diesem Weihnachtsabend durchrasen –, saß Vater am Flügel und spielte einiges von den neuen Noten durch, die Mutter ihm geschenkt hatte. Mutter aber erschien nur zu kurzen Besuchen im Bescherungszimmer, denn in der Küche wurde noch gewaltig gearbeitet. Die weihnachtliche Gans für den nächsten Tag wurde vorbereitet und überhaupt soviel wie möglich vorgekocht, denn die Mädchen sollten es in den beiden nächsten Tagen auch leichter haben.

Dann ging es ins Bett. Bücher mitzunehmen war verboten, aber irgendein besonders geliebtes Spielzeug durfte sich jedes auf den Stuhl vor seinem Bett stellen. Und dann das Erwachen am nächsten Morgen. Dies Gefühl, aufzuwachen und zu wissen: Heute ist wirklich Weihnachten. Wovon wir seit einem Vierteljahr geredet, auf was wir so lange schon gehofft hatten, nun war es wirklich da!

Der gestohlene Weihnachtsbaum

Ein wesentlicher Unterschied zwischen Kindern und Erwachsenen ist der, daß die Großen ungefähr wissen, was sie vom Leben zu erwarten haben, die Kinder aber erhoffen noch das Unmögliche. Und manchmal behalten sie damit sogar recht.

Seit Mitte Dezember der erste Schnee gefallen war, dachte Herr Rogge wieder an den Weihnachtsbaum und die alljährlich wiederkehrenden endlosen Schwierigkeiten, bis er ihn haben würde. Die Kinder aber nahmen allmorgendlich ihre kleinen Schlitten und zogen in den Wald, den Weihnachtsmann zu treffen. Natürlich war es einfach lächerlich, daß es in diesem Lande mit Wald über Wald keine Weihnachtsbäume geben sollte. Überall standen sie, sie wuchsen einem gewissermaßen in Haus, Hof und Garten, aber sie gehörten nicht Herrn Rogge, sondern der Forstverwaltung. Der alte Förster Kniebusch aber, mit dem Herr Rogge sich übrigens verzankt hatte, verkaufte schon längst keine Baumscheine mehr.

»Wozu denn?« fragte er. »Es kauft ja doch keiner einen. Und wenn sie sich ihren Baum lieber ›so‹ besorgen, habe ich doch den Spaß, sie zu erwischen, und ein Taler Strafe für einen Baum, den ich ihnen aus den Händen und mir ins Haus trage, freut mich mehr als sechs Fünfziger für sechs Baumscheine.«

So würde also Herr Rogge sich entweder den Baum »so« besorgen müssen – was er nicht tat, denn erstens stahl er nicht, und zweitens gönnte er Kniebusch nicht die Freude –, oder er würde achtzehn Kilometer in die Kreisstadt auf den Weihnachtsmarkt fahren müssen, zur Besorgung eines Baumes, der ihm vor der Nase wuchs – und das tat er erst recht nicht, und den Spaß gönnte er Kniebuschen erst recht nicht. Blieb also nur die unmögliche Hoffnung auf den Weihnachtsmann und seine Wunder, die die Kinder hatten.

Gleich hinter dem Dorf ging es bergab, einen Hohlweg hinunter, in den Wald hinein. Manchmal kamen die Kinder hier nicht weiter, über dem schönen sausenden Gleiten vergaßen sie den Weihnachtsmann und liefen immer wieder bergan. Heute aber sprach Thomas zum Schwesterchen: »Nein, es sind nur noch drei Tage bis Weihnachten, und du weißt, Vater hat noch keinen Baum. Wir wollen sehen, daß wir den Weihnachtsmann treffen.«

So ließen sie das Schlitteln und traten in den Wald. Was der Thomas aber nicht einmal dem Schwesterchen erzählte, war, daß er Vaters Taschenmesser in der Joppe hatte. Mit sieben Jahren werden die Kinder schon groß und fangen an, nach Art der Großen ihren Hoffnungen eine handfeste Unterlage zu verschaffen. –

Der alte Kakeldütt war das, was man früher ein »Subjekt« nannte, wahrscheinlich, weil er so oft das Objekt behördlicher Fürsorge war. Aus dem mickrigen Leib wuchs ihm ein dürrer, faltiger, langer Hals, auf dem ein vertrocknetes Häuptlein wie ein Vogelkopf nickte. Wenn der Herr Landjäger sagte: »Na, Kakeldütt, denn komm mal wieder mit! Du wirst ja wohl auch allmählich alt, daß du vor den sehenden Augen von Frau Pastern ihre beste Leghenne unter deine Jacke steckst«, dann krächzte Kakeldütt schauerlich und klagte beweglich: »Ein armer Mensch soll es wohl nie zu was bringen, was?

Die Pastern hat 'ne Pieke auf mich, wie? Und Sie haben auch 'ne Pieke auf mich, Herr Landjäger, wie? Natürlich in allen Ehren und ohne Beamtenbeleidigung, was?« Und bei jedem Wie und Was ruckte er heftig mit dem Häuptlein, als sei er ein alter Vogel und wolle hacken. Aber er wollte nicht hacken, er ging ganz folgsam und auch gar nicht unzufrieden mit.

Wir aber als Erzähler denken, wir haben unsere Truppen nun gut in Stellung gebracht und die Schlacht gehörig vorbereitet: Hier den alten Förster Kniebusch, der gern Tannenbaumdiebe fängt. Dort den Vater Rogge, in Verlegenheit um einen Baum. Ziemlich versteckt das anrüchige Subjekt Kakeldütt mit großer Findigkeit für fragwürdigen Broterwerb, und als leichte Truppen, die das Gefecht eröffnen, Thomas mit dem Schwesterchen, ziemlich gläubig noch, aber immerhin mit einem nicht einwandfrei erworbenen Messer in der Tasche. Im Hintergrund aber die irdische Gerechtigkeit in Gestalt des Landjägers und die himmlische, vertreten durch den Weihnachtsmann.

Alle an ihren Plätzen? Also los!

Das erste, was man durch den dick mit Schnee gepolsterten, stillen Wald hört, ist: ritze-ratze, ritzeratze ... Kakeldütt, erfahrener auf dunklen Pfaden als der siebenjährige Thomas, weiß, daß ein Tannenbaum sich schlecht mit einem Messer, gut mit einer Säge von den angestammten Wurzeln lösen läßt.

Herr Rogge, in Zwiespalt mit sich, greift nach Pelzkappe und Handstock: Hat man keinen Tannenbaum, kann man sich doch welche im Walde beschauen. Kniebusch stopft seine Pfeife mit Förstertabak, ruft den Plischi und geht gegen Jagen elf zu, wo die Forstarbeiter Buchen schlagen. Die Kinder haben unter einem Ginsterbusch im Schnee ein Hasenlager gefunden, hinten ist es zart gelblich gefärbt.

»Osterhas Piesch gemacht!« jauchzt Schwesterchen.

Die alte gichtige Brommen aber hat schon zwanzig Pfennig für den Kakeldütt, der ihr weißwohlwas besorgen soll, bereitgelegt. Ritze-ratze ... Ritze-ratze ...

Förster Kniebusch – die akustischen Verhältnisse in einem Walde sind unübersichtlich –, Förster Kniebusch ruft leise den Hund und windet. »I du schwarzes Hasenklein! War das nun drüben oder hinten –? Warte, warte ...«

Ritze-ratze ...

Thomas und das Schwesterchen horchen auch. Schnarcht der Weihnachtsmann wie Vater –? Hat er Zeit, jetzt zu schnarchen –?! Friert er nicht –? Erfriert er gar – und ade der bunte Tisch unter der lichterleuchtenden Tanne?!

Ritze-ratze …

Herr Rogge hat die Fußspuren seiner Kinder gefunden und vergnügt sich damit, ihre Spuren im Schnee nachzutreten, mal Schwesterchens, mal Brüderchens. Auch er findet das Hasenlager, auch er spitzt die Ohren. Thomas wird doch keine Dummheiten machen? denkt er. Ich hätte doch in die Stadt fahren sollen.

»Ach nee, ach nee«, stöhnt ganz verdattert Kakeldütt, wackelt mit dem Vogelkopf und starrt auf die Kinder. »Wer seid denn ihr? Ihr seid wohl Rogges –?«

»Das ist der Weihnachtsbaum«, sagt Thomas ernst und betrachtet die kleine Tanne, die mit ihren dunklen Nadeln still im Schnee liegt.

»Weihnachtsbaum – Weihnachtsmann«, brabbelt Schwesterchen und sieht den ollen Kakeldütt zweifelnd an. Ist das ein echter Weihnachtsmann? Enttäuschung, Enttäuschung – ins Leben wachsen heißt ärmer werden an Träumen.

»Ich hab 'nen Baumschein vom Förster, du Roggejunge«, verteidigt sich Kakeldütt ganz unnötig.

»Hilfst du mir auch bei unserer Tanne?« fragt Thomas und greift in die Joppentasche. »Ich hab ein Messer.«

In Kakeldütts Hirn erglimmen Lichter. Rogges haben Geld. Sie zahlen nicht nur zwanzig, sie zahlen fünfzig Pfennig für einen Weihnachtsbaum. Sie zahlen eine Mark, wenn Kakeldütt den Mund hält. »Natürlich, Söhning«, krächzt er und greift wieder zur Säge. »Nehmen wir gleich den –?«

Herr Rogge auf der einen, Förster Kniebusch auf der andern Seite den Tannen enttauchend, sehen nur noch Thomas und Schwesterchen. Keinen Kakeldütt.

»Thomas!« ruft Herr Rogge drohend.

»Rogge!« ruft Kniebusch triumphierend.

»Nanu!« wundert sich Thomas und starrt auf die Äste, die sich noch leise vom weggeschlichenen Kakeldütt bewegen.

Der Sachverhalt aber ist klar: ein abgeschnittener Baum, ein Junge mit einem Messer in der Hand …

»Ich freue mich, Rogge«, sagt Kniebusch und freut sich ganz unverhohlen. »Stille biste. Plischi!«

kommandiert er dem Hund, der in die Schonung zieht und jault.

»Du glaubst doch nicht etwa, Kniebusch?« ruft Rogge empört. »Thomas, was hast du getan?! Was machst du mit dem Messer?«

»Deinem Messer, Rogge«, grinst Kniebusch.

»Hier war 'n Mann«, sagt Thomas unerschüttert. »Wo ist der Mann hin?«

»Weihnachtsmann«, kräht Schwesterchen.

Kinder zu erziehen ist nicht leicht – Kinder vorm Antlitz triumphierender Feinde zu erziehen ist ausgesprochen schwer. »Komm einmal her, Thomas«, sagt Herr Rogge mit aller verhaßten väterlichen Autorität. »Was machst du mit meinem Messer? Woher hast du mein Messer?« Er gerät unter dem Blick des andern in Hitze. »Wie kommt die Tanne hierher? Wer hat dir gesagt, du sollst eine Tanne abschneiden?«

»Hier war 'n Mann«, sagt Thomas trotzig im Bewußtsein guten Gewissens. »Vater, wo ist der Mann hin?«

»Weihnachtsmann weg!« kräht Schwesterchen.

»Sollst du lügen, Tom?« fragt Herr Rogge zornig. »Ekelhaft ist so was! Komm, sage ich dir ...« Und mit aller väterlichen Konsequenz eilt er mit erhobener Hand auf den Sohn zu. Ausgerechnet angesichts von Kniebusch als Waldfrevler erwischt! Nichts mehr scheint eine väterliche Tracht Prügel abwenden zu können.

»Halt mal, Rogge!« sagt Förster Kniebusch mit erhobener Stimme und zeigt mit dem Finger auf den frischen Baumstumpf. »Das ist gesägt und nicht geschnitten.«

Rogge starrt. »Wo hast du die Säge, Junge?«

»Hier war 'n Mann«, beharrt Thomas.

»Und recht hat der Junge, und du hast unrecht. Rogge«, freut sich der Kniebusch. »Da die Spuren – das sind nicht deine und nicht meine. – Und du hast überhaupt meistens und immer unrecht, Rogge. Damals, als wir uns verzürnt haben, hattest du auch unrecht. Fische können nicht hören! Du bist rechthaberisch, Rogge, und was war hier für ein Mann, Junge?«

»Ein Mann.«

»Und wenn ich dieses Mal unrecht hab, aber ich hab's nicht, denn wozu hat er das Messer? – Damals hatte ich doch recht. Und Fische können sehr wohl hören ...«

»Unsinn – in den Kuscheln muß er noch stecken, Rogge! Los, Plischi, such, du guter Hund! Los, Rogge, den Kerl zu fassen soll mir zehn Weihnachtsbäume wert sein. Los, Junge, faß deine Schwester an, wenn du ihn siehst, schreist du!«

Und los geht die Jagd, immer durch die Tannen, wo sie am dicksten stehen.

»Weihnachtsmann!« ruft Schwesterchen. Die Tannennadeln stechen, und der Schnee stäubt von den Zweigen in den Nacken.

»Also lassen wir es«, sagt nach einer Viertelstunde Förster Kniebusch mißmutig. »Weg ist er. Wie in den Boden versunken. – Du kannst doch die Tanne brauchen, fünfzig Pfennig zahlst du, und so hat das Forstamt wenigstens was von dem Gejachter.«

Aber wo ist die Tanne? Dies ist der Platz, denn hier steht der Stumpf – aber wo ist die Tanne?

»I du schwarzes Hasenklein!« sagt Förster Kniebusch verblüfft. »Der ist uns aber über, Rogge! Holt sich noch den Baum, während wir hier auf ihn jagen. Na, warte, Freundchen, wenn ich dir mal wieder begegne! Denn die Katze läßt das Mausen nicht, und einmal treffe ich sie alle ... Gib mir das Messer, Junge, damit ihr wenigstens nicht leer nach Hause geht. Ist der dir recht, Rogge? Schneidet sich elend schlecht mit 'nem Messer, das nächstemal bringst du besser 'ne Säge mit, Junge, weißt du, einen Fuchsschwanz …«

»Kniebusch –!« schreit Herr Rogge förmlich. Aber auf diesen Streit der beiden brauchen wir uns nicht auch noch einzulassen, er ist schon alt und wird aller Wahrscheinlichkeit nach noch sehr viel älter werden.

Jedenfalls faßte Thomas auf dem Heimwege seine Meinung dahin zusammen: »Ich glaube, es war doch der Weihnachtsmann, Vater. Sonst hätt er doch nicht so verschwinden können, Vater! Wo der Hund mit war.«

»Möglich, möglich, Tom«, bestätigte Herr Rogge.

»Aber, Vater, klauen denn die Weihnachtsmänner Weihnachtsbäume?«

»Ach, Tom –!« stöhnte Herr Rogge aus tiefstem Herzensgrunde – und war sich gar nicht im klaren darüber, wie er diesen Wirrwarr in seines Sohnes Herzen entwirren sollte. Aber schließlich war in drei Tagen Weihnachten. Und vor einem strahlenden Tannenbaum und einem bunten Bescherungstisch werden alle Zweifel stumm und alle Kinderherzen gläubig.

Essen und Fraß

Es war einmal ein junger Mann, nämlich ich, der Schreiber dieser Zeilen, den verurteilten in seiner Jugend Ärzte und Eltern, Landwirt zu werden, weil meinen Nerven nämlich das Großstadtleben »nicht bekömmlich« sei. So ist es gekommen, daß ich ein gutes Dutzend meiner Lebensjahre die Füße unter den Tisch der Rittergutsbesitzer habe stecken müssen – und daß die immer großzügige Gastgeber waren, das kann ich nicht behaupten.

Du lieber Himmel, das waren doch damals, besonders vor 1914, noch reiche Jahre, und auf ein bißchen Essen kam es eigentlich wirklich nicht an. Aber viele, die meisten wollten einfach nicht, und namentlich ihre Ehefrauen sahen es als Ehrensache an, uns nicht einmal die eigenen, auf dem Hofe erzeugten Lebensmittel zu geben, sondern schmierten uns auf unsere Stullen statt guter Butter die billigste Margarine und mästeten uns damals schon mit Mehlsuppen, die statt mit Zucker mit Saccharin gesüßt waren.

Ich denke an ein Weihnachtsfest in der Neumark, am ersten Feiertag waren auch wir Beamte an die »Tafel« des Chefs geladen. Es war alles sehr feierlich und ungewohnt herzlich, eitel Güte und Menschenliebe, wie es das Fest verlangt. Als ich aber von der herumgereichten Platte mir ein Stück Fleisch nahm, erreichten mich doch die scharfen, durch keinerlei Feststimmung gemilderten Worte meiner Kommandeuse: »Sie hätten auch gerne das Knochenstück nehmen können! Ich habe es extra für Sie vornean gelegt, Herr Fallada!«

»Mensch, Fallada, was machen Sie denn eigentlich?«

Wir wurden der Frau des Verlegers vorgestellt, und zu vieren strebten wir nun dem Kampener Bahnhof zu. Ich stand stark unter dem Eindruck, daß die Verlegerin nicht grade gnädigen Auges auf diese so plötzlich aufgetauchten literarischen Bekanntschaften ihres Mannes schaute, die selbst für Kampen ein wenig schäbig gekleidet waren. (O Kashakleid, geliebtes!) So fiel mein Bericht etwas eilig und dürftig aus.

»Aber das ist doch nichts für Sie!« rief der alte Menschenkenner, der auch Ungesagtes zu hören verstand. »In so einem Kaff rumlaufen und Abonnenten werben! Sie müssen nach Berlin, Mensch!«

Ich tauschte mit der Suse einen eiligen, aufglühenden Blick. Dann bemerkte ich, daß ich kaum aufs Blaue hinaus nach Berlin ziehen könne ... die Arbeitslosigkeit ... ohne die geringste Reserve ...

Jetzt warf er einen abschätzenden Blick auf uns beide. »Was würden Sie in Berlin als Minimum zum Leben gebrauchen?« fragte er.

Wieder ein rascher Blicktausch mit Suse. »Das müßten wir uns erst ausrechnen. Dürfen wir es Ihnen schreiben?«

»Schön, schreiben Sie mir das möglichst bald. Ich besorge Ihnen dann eine Stellung, abgemacht!«

»Aber denken Sie bitte daran, daß ich sechs Wochen vor dem Quartalsersten kündigen muß!«

»Natürlich, natürlich! Wird gemacht! Verlassen Sie sich nur auf mich! Und nun Hals- und Beinbruch!«

Schon in der Bahn fingen wir beide zu rechnen an. Wir rechneten noch, als wir in Altholm waren. In der Wohnung rechneten wir weiter, und bis in den Traum hinein verfolgten uns Zahlenkolonnen unter den Titeln: Inventar – Wäsche – Brot – Fleisch – Gemüse – Kolonialwaren – Licht – Fahrgeld ... Es war gar nicht so einfach. Schon war uns klargeworden, daß die Hulemule nicht unser einziges Kind bleiben würde. Im nächsten Frühjahr ...

Das komplizierte die Rechnung außerordentlich, wir würden zwei möblierte Zimmer brauchen. Was kosteten in Berlin zwei möblierte Zimmer? Wir setzten den Mietspreis auf hundert Mark fest und kamen endlich auf ein Bruttogehalt von zweihundertfünfzig Mark. Es schien uns eine unverschämte Forderung, aber billiger war es nicht zu machen. Wir mußten ja so viel anschaffen, besonders auch für das Baby – wir hatten rein nichts! Mit Zittern und Zagen setzte ich die Zahl 250 in meinen Brief, mit Bangen steckten wir ihn in den Kasten – und nun warteten wir auf die Antwort. Wir warteten eine Woche, zwei Wochen, wir warteten auch länger. Am 15. August hätten wir auf den 1. Oktober kündigen müssen, aber ich wagte es nicht: Berlin schwieg. Weiter rannte ich auf der Jagd durch die Straßen Altholms, und nach den Tagen überwältigenden Hoffens überfiel mich die schwärzeste Verzweiflung.

Der Oktober ging vorüber, grau und naß empfing uns der November, immer grauer wurde meine Stimmung. Manchmal horchte ich drauf hin, wenn Suse bei ihrer Arbeit sang. Sie hoffte immer noch, die Arme! Es gab gar nichts mehr zu hoffen, weiter hieß es durch die Straßen Altholms zu traben, auf der Jagd nach den immer seltener werdenden Abonnenten. In Kürze würde unsere Zeitung dahinsterben – und was dann? Ich kann es auf meinen Eid nehmen, daß ich in diesen Monaten kein sehr fröhlicher junger Ehemann war. Suse lernte es gleich von Anfang an kennen, was trübe Stimmungen waren.

Der 15. November, der Kündigungstermin auf den 1. Januar, nahte. Ich entschloß mich zu einem zweiten Brief, den ich hinter Suses Rücken absandte. Dieser Brief war schon beweglicher gehalten, auch erniedrigte ich meine Gehaltsforderung auf zweihundert Mark. Ein Zimmer tat es schließlich auch – trotz Baby.

Neues Warten – und nichts erfolgte! Langsam verblaßten unsere einst so goldenen Hoffnungen. Meine Stimmung wurde wieder besser. Ich mußte mich eben mit meinem Schicksal abfinden. Auch in Altholm ließ es sich leben. Wenn die Zeitung einging, würde sich schon etwas anderes finden.

Dann, am 23. Dezember, als wir überhaupt nicht mehr an Berlin dachten, kam ein Brief in grünem Umschlag, auf grünem Papier. Es kam *der* Brief. Kurz und bündig: ab 1. 1. hätte ich eine Stellung für zweihundertfünfzig Mark in Berlin, am 2. Januar hätte ich mich um acht Uhr morgens auf dem Verlag zu melden.

Suse und ich, wir waren wie mit der Keule erschlagen! Da war das Glück, die große Chance, die hundertfach ersehnte, auf die wir längst nicht mehr zu hoffen gewagt hatten – und wir hatten nicht gekündigt! Eine gute Woche nur noch bis zum Antrittstermin!

»Ach!« sagte Suse. »Sie werden dich hier schon gehen lassen. Erzähle ihnen nur alles, sie werden deinem Glück schon nicht im Wege stehen!«

»Hätte er nur sechs Wochen früher geschrieben!« stöhnte ich.

»Er hat uns eben eine Weihnachtsfreude machen wollen« meinte Suse.

»Natürlich, aber ...«

Später lernte ich, daß mein Verleger nicht im geringsten an Weihnachtsfreude gedacht hatte. Vielmehr hatte er die Einrichtung des Komposthaufens: alle Dinge, die er nicht gleich erledigen konnte oder wollte, kamen auf einen ständig wachsenden Haufen und lagerten dort ab. »Sie haben keine Ahnung«, sagte er mir später oft, »wieviel Sachen sich durch bloßes Lagern von selbst erledigen! Mein Komposthaufen ist eine wunderbare Einrichtung!«

Nahte aber irgendein verlegerischer Urlaub (in diesem Fall ein längerer Weihnachtsurlaub), so trat des Verlegers Sekretärin in Tätigkeit. Schon seit Jahrzehnten war sie bei ihm. Im Verlage hieß sie nur Anita, die Holzkuh, und sie war stolz auf diesen Namen. Mit unerschütterlicher Ruhe ertrug sie das ganze Jahr hindurch alle Temperamentsschwankungen ihres Chefs. Und ebenso unerbittlich hielt sie ihn zur Erfüllung seiner Pflichten an. Vor jedem Urlaub mußte der Komposthaufen abgetragen werden, da half ihm gar nichts. Anita war von zähem Holz.

Vor diesem Urlaub hatten auch meine beiden Briefe im Komposthaufen gelegen. Letzten Endes verdanke ich also die Änderung meiner Lebensumstände und meinen Wiedereintritt in die deutsche Literatur Anita, der Holzkuh …

Ich ging also meinen schweren Gang zu dem derzeitigen Altholmer Brötchengeber. Schließlich konnte der Gang so schwer nicht sein. Der Mann hatte mir oft genug versichert, daß ich der überflüssigste Mensch unter der Sonne sei und daß er keine

Ahnung habe, warum er mir eigentlich mein Gehalt zahle. Aber nun hörte ich es natürlich ganz anders, ich hatte schon das Richtige geahnt. Plötzlich war ich vollkommen unersetzlich. Jawohl, ich konnte gehen, aber erst nach ordnungsmäßiger Kündigung, am 1. April. Oder ich besorgte einen Stellvertreter, einen Ersatzmann, zu den gleichen Bedingungen, unter denen ich gearbeitet hatte, mit meinen plötzlich so ausgezeichneten Fähigkeiten …

Nun, nachdem ich Ängste ausgestanden hatte, gab er mich frei. Schließlich war er doch nicht ›so‹, Suse hatte es richtig geahnt, er wollte meinem Glück nicht im Wege sein. Am letzten Dezember, am Silvestertag trafen wir in Berlin ein, mit sehr wenig Geld und mit zwei Handkoffern. Den letzten Tag des alten und den ersten des neuen Jahres verbrachten wir auf der Zimmersuche. Sie erwies sich als erstaunlich schwierig. Sobald eine Vermieterin – und leider waren es alles Frauen – meiner lebhaft gerundeten Frau ansichtig wurde, waren die Verhandlungen schon am Ende. Wir wurden nicht einmal zur Besichtigung der Räumlichkeiten zugelassen. Kindergeschrei? Windelwäsche? Danke bestens – nicht für uns!

Schließlich – Suse konnte schon keine Treppen mehr steigen – fanden wir zwei alte Leutchen in der Gegend von Alt-Moabit, die entweder keinen Blick für den Zustand meiner Frau oder gegen Kinder nichts einzuwenden hatten, wahrscheinlich weil sie selbst nie Kinder gehabt hatten. Es waren sogar zwei Zimmer, anständige große Räume; die Brandmauer des Hauses zeigte gegen den Bahnhof Bellevue, noch heute ist sie mit einer Reklame für ›Kupferberg Gold‹ bemalt.

Noch heute, wenn ich auf dieser Strecke fahre, betrachte ich nachdenklich diese Malerei. Hinter ›Gold‹ haben wir über ein Jahr gehaust, aber das war auch das einzige Gold, das wir in diesem Jahr zu sehen kriegten. Denn die beiden Zimmer kosteten einhundertvierzig Mark im Monat, und netto bekam ich etwa zweihundertzwanzig Mark. Achtzig Mark blieben uns fürs Leben. Wir haben es ja irgendwie geschafft, wir haben sogar noch die Aussteuer für das Baby gekauft, aber wie wir das fertiggebracht haben, ist mir heute noch ein Rätsel. Ich weiß nur, daß wir immerzu rechneten, und daß ein fehlender Groschen zu langen Diskussionen führte.

Am 2. Januar war ich natürlich pünktlich um acht Uhr auf dem Verlag; wenn wir privatim schwerste Sorgen hatten, dort sollte man nichts davon merken! Noch hatte ich keine Ahnung von der Art der Arbeit, die mich erwartete, ich wußte nicht einmal, ob ich auf dem Verlag selbst arbeiten sollte.

Der parfümierte Tannenbaum

Weihnachten war gekommen und war vorübergegangen. Es war ein stilles, kleines Weihnachten gewesen, mit einer Tanne im Topf, einem Selbstbinder, einem Oberhemd und ein Paar Gamaschen für den Jungen, mit einem Umstandsgürtel und einer Flasche Eau de Cologne für Lämmchen.

»Ich will nicht, daß du einen Hängebauch bekommst«, hatte der Junge erklärt. »Ich will meine hübsche Frau behalten.«

»Im nächsten Jahr sieht der Murkel schon den Baum«, hatte Lämmchen gesagt.

Im übrigen hatte es stark gerochen, und die Flasche Eau de Cologne war schon am Weihnachtsabend alle geworden.

Wenn man arm ist, kompliziert sich alles. Lämmchen hatte sich das ausgedacht mit der Tanne im Topf, sie wollte sie weiterziehen, im Frühjahr umtopfen. Im nächsten Jahr sollte sie der Murkel sehen, und so sollte sie immer größer, immer strahlender, im Wettwachsen gleichsam mit dem Murkel, von Weihnachtsfest zu Weihnachtsfest wandern, ihre erste und einzige Tanne. Sollte.

Vor dem Fest hatte Lämmchen die Tanne auf das Kinodach gestellt. Weiß der Himmel, wie die Katze dahin fand, Lämmchen hatte nie gewußt, daß es hier überhaupt Katzen gab. Aber es gab welche, Lämmchen fand ihre Spur auf der Erde des Topfes, als sie den Baum schmücken wollte, die Spur roch stark. Lämmchen beseitigte, was zu beseitigen war, sie scheuerte und wusch und konnte doch nicht hindern, daß der Junge, kaum war der offizielle Teil der Feier mit Kuß und In-die-Augen-Schauen und Geschenke-Besehen vorüber – sie konnte nicht hindern, daß der Junge sagte: »Du, das riecht hier aber sehr merkwürdig!«

Lämmchen berichtete, der Junge lachte und sagte: »Nichts einfacher!« Er öffnete die Eau-de-Cologne-Flasche und spritzte etwas auf den Topf.

Ach, er spritzte noch oft diesen Abend, die Katze ließ sich betäuben, aber dann erwachte sie immer wieder siegreich zu neuem Leben, die Flasche wurde leer, die Katze stank. Schließlich setzten sie noch am Heiligen Abend den Baum vor die Tür. Es war nicht dagegen aufzukommen.

Und am ersten Feiertag, ganz früh, ging Pinneberg los und stahl im Kleinen Tiergarten ein Häuflein Gartenerde. Sie topften die Tanne um. Aber erstens stank sie auch dann noch, und zweitens mußten sie feststellen, daß es keine in einem Topf gezogene Tanne war, sondern ein Dings, dem der Gärtner alle Wurzeln abgehauen hatte, um sie in den Topf zu kriegen. Ein Blender auf vierzehn Tage.

»Solche wie wir«, sagte Pinneberg, und war in der Stimmung, das ganz richtig zu finden, »fallen eben immer rein.«

»Na, nicht immer«, hatte Lämmchen gesagt.

»Bitte?«

»Zum Beispiel, als ich dich gekriegt habe.«

Im übrigen war der Dezember ein guter Monat, trotz des Weihnachtsfestes wurde der Etat des Hauses Pinneberg nicht überschritten. Sie waren selig wie die Schneekönige. »Wir können es also auch! Siehst du! Trotz Weihnachten.«

Und sie machten Pläne, was sie in den nächsten Monaten mit all ihren Ersparnissen machen wollten.

Christkind verkehrt

Ich hatte mir zu Weihnachten ein Puppentheater gewünscht, ein Puppentheater aus Pappe, mit Proszenium, Soffitten und Hintergrund, mit den Figuren für Wilhelm Tell – alles aus Pappe. Auf meines Bruders Uli Wunschzettel aber hatte eine Robinsonade gestanden, aus Blei. Robinson und Freitag und Palmen und eine Hütte und das »Pappchen« in seinem Rutenkäfig, alles aus Blei.

Einmal ist es soweit, und die kleine silberne Bimmel klingelt, und die Tür tut sich auf, und der Baum strahlt, und wir marschieren auf ihn zu, wie die Orgelpfeifen, nach dem Alter: erst Uli, dann ich, dann Margarete, dann Elisabeth. Und nun stehen wir vor dem Baum, rechts und links von ihm Mama und Papa, und wir sagen jeder etwas auf: Ein Weihnachtslied oder ein paar hausgemachte Verse. Während das geschieht, ist es verboten, nach den

Tischen zu schielen, aber ich wage doch einen Blick – und da, links von mir, steht das Puppentheater, strahlend, und der Vorhang ist aufgezogen, und Tell ist auf der Bühne und Geßler – welches Glück!

Aber wie nun Elisabeth als die letzte ihr Sprüchlein gesagt hat und wir zu unsern Tischen dürfen, da führt mich Mama nicht nach links, nicht zu dem Puppentheater, sondern nach rechts, wo auf einem großen Brett mit gelbem Sand und grünem kurzem Moos und blaugestrichenem Meer die Robinsonade aus Blei aufgebaut ist –: »Dein Bruder Uli«, sagt Mama, »ist voriges Jahr viel besser weggekommen als du. Und deshalb bekommst *du* in diesem Jahr den Robinson, der ist viel schöner.«

Und nun standen wir beide da, wie die rechten Küster, und versuchten zu spielen, er mit »meinem« Puppentheater, ich mit »seinem« Robinson, und das Herz war uns schwer, und zu freuen hatten wir uns doch auch. Und ab und an wagten wir einen Blick zum andern und fanden, der konnte gar nichts mit »unserm« Spielzeug anfangen.

Aber das Seltsame an diesem sonst ganz unweihnachtlichen Weihnachtserlebnis war, daß wir – Uli und ich – nun nicht etwa, als die weihnachtlichen

Freuden verrauscht und wir mit unserm Spielzeug aus dem Bescherungs- in »unser« Zimmer übergesiedelt waren, daß wir da nicht etwa unsere Weihnachtsgeschenke austauschten und das so falsch Begonnene richtig vollendeten …

Nein, das Seltsame war, daß Uli leidenschaftlich an seinem Puppentheater hing und daß ich wie ein Hofhund über meinem Robinson wachte. Von all den vielen Weihnachtsfesten meiner Kindheit ist dieses eine nur mir ganz unvergeßlich und deutlich geblieben: mit dem spähenden Entdeckerblick zum Tisch, mit dem »Besser-Wegkommen«, mit dem Sich-freuen-Müssen, mit dem verlegenen Schuldgefühl. Kein Spielzeug hat den Glanz dieses falschen Robinsons, es ist mitgegangen mit mir durch mein Leben, und heute noch, wenn ich nicht einschlafen kann, spiele ich Robinson.

Weihnachten der Pechvögel

Ich möcht wirklich gern mal wissen, wie das bei andern Leuten mit ihren Festtagen und besonders mit Weihnachten ist, ob da alles wirklich immer klappt? Natürlich tun wir stets so, als sei auch bei uns alles in Ordnung, aber ich hab noch kein Weihnachtsfest erlebt, wo's glatt ging bei uns. Daß eines von uns zum Fest todsterbenskrank wird, das ist noch 'ne Kleinigkeit, aber was meint ihr zu 'nem Heiligen Abend, wo 'ne halbe Stunde vor der Bescherung uns Einbrecher alle Geschenke einschließlich Baum und Festbraten klauten? Oder ein Fest mit Stubenbrand, Feuerwehr und Wasserschaden? Oder ein bunter Teller, auf den ein von uns nie entdeckter Witzbold zwischen die Süßigkeiten Laxinkonfekt geschmuggelt hatte, und wir mußten die ganzen Festtage laufen, laufen, laufen –?!!

Das kommt natürlich alles daher, daß wir »Pech«

heißen; wer Pech heißt, muß Pech haben, sagt Vater immer. Vater hat noch 'ne ganze Menge solcher verschrobenen Redensarten, zum Beispiel sagt er oft, auch wenn alle Leute dabei sind, ganz laut: »Auf mir trampeln se alle egalweg rum!« oder: »Ich bin ja nur ein Wurm!« oder wenn ihm wer die Hand geben will: »Achtung! Wer Pech anfaßt, besudelt sich!«

Ihr macht euch aber ein ganz falsches Bild von Vatern, wenn ihr euch einbildet, Vater ist ein solch demütiger, schleichender Waschlappen; im Gegenteil, Vater ist ein Mann, auf den jeder Junge stolz sein kann, und das bin ich auch! Vater hat sich bloß daran gewöhnt, an das Pech, das uns zustößt und das jeden andern längst zum Selbstmord getrieben hätte, einfach komisch zu nehmen. Ja, manchmal denke ich, Vater mag es gar nicht, wenn irgendwas bei uns so glatt geht wie bei andern Leuten. Da wird er ganz unruhig! Wenn Vater sich morgens rasiert, singt er immer ein selbstgedichtetes und selbstkomponiertes Lied, in dem so 'ne Zeilen vorkommen: »Dem Schicksal meine zottige Brust!« und »Gelobt seist du Pech, du machst mich nur frech! Ich winsele nie, werde kein demütiges Vieh!«

Ich selbst heiße Peter Pech, gehe in die Obertertia und bin wirklich gespannt darauf, ob ich dieses Mal versetzt werde. Voriges Mal bin ich klebengeblieben, aber das lag wirklich weder an meinen Geistesgaben noch an meinem Fleiß, sondern allein an meinem Pech – aber das ist eine ganz andere Geschichte, wie Kipling sagt. Diese Geschichte aber, wie's vorige Weihnachten 1945 bei uns zuging, erzähle ich, der Obertertianer Peter Pech, nur darum, um sie an eine Zeitung zu verkaufen. Ich brauche nämlich Geld, nicht nur so dringend wie immer, sondern diesmal extraextra dringend, weil ich nämlich all meine für Geschenke gesparten Piepen an Vater abgeliefert habe. Davon und von sonstigen milden Gaben der Familie hat er die Gebühren für einen neuen Gasanschluß bezahlt – wir haben nämlich endlich Gas in unsere Hausruine gekriegt, was ja an sich erfreulich ist, aber warum wird so was grade vierzehn Tage vor dem Fest kassiert –?! Aber natürlich: Pech der Pechvögel!

Schon lange vorm Fest bestimmt Vater immer, wer was zu besorgen hat, auf mich fiel 1945 der Tannenbaum mit seinen grünen Blättern. Wir hatten uns natürlich lange überlegt, ob wir überhaupt

Weihnachten feiern sollten. Der Zusammenbruch lag uns noch schwer in den Gliedern, und in unserer trauten Ruine fehlte es uns auf vielen Gebieten noch an dem Nötigsten. Aber dann haben wir an unsere Zwillinge gedacht, an Palma und Petta, wie wir unsere beiden sechsjährigen Pechösen, meine Schwestern, nennen – die ohne Weihnachtsmann und Lichterbaum zu lassen, wäre zu gemein gewesen!

Ich sollte also einen Baum besorgen. In den Zeitungen stand nun freilich zu lesen, daß es Bäume zu kaufen geben würde .... zwar nicht für alle ..., aber bestimmt für kinderreiche Familien ..., und zu sechs Geschwistern sind wir ziemlich kinderreich. Aber so ein glatter Weg kommt für Pechens nie in Frage: sich auf so etwas zu verlassen, wäre eine Herausforderung des Himmels gewesen!

Viele fuhren ja auch einfach mit der Bahn und organisierten sich 'ne Tanne: bei so was aber wäre ein Pech stets reingefallen. Dasselbe war gegen eine bildschöne Blautanne zu sagen, die hinter einer ausgebombten Villa ziemlich in unserer Nähe stand – mein Herr Bruder, der Quartaner Paul Pech, hatte mich auf dies Bäumchen aufmerksam gemacht. (Übrigens: Vater hat uns Kindern allen Vornamen mit »P« gegeben, er meint, wir machen die Leute am besten gleich auf unser Pe-Pech aufmerksam!)

»Nee, Paule«, habe ich zu meiner brüderlichen Liebe gesagt. »Nich in die Lamäng! Wenn ick – un ick will die Blautanne holen, denn isse bestimmt schon wech, un außerdem schnappen die mir, un immer feste rin ins Loch – nee, is nich! Un drittens, un übahaupt: wat heeßt hier Blautanne?! Sind wa Pechs etwa blaublütich –?! Wie kommen wa zu sowat feenet?! Fichte, sa' ick dir, schlichte Fichte, aus die se dermaleinstens unser schlichtet Jrabjehäuse zimmern wern; Fichte is Pechens ihre Parole!«

Auf dem Pennal haben wir in unserer Klasse einen bärtigen Knaben gehabt, dessen Vetter, von dem der Vatersbruder, also so was wie 'n Stiefonkel, der ist Förster bei Falkensee in der Drehe. Mit dem Knaben bin ich schnell handelseins geworden; er lieferte mir 'ne Fichte von 3 m 20, und ich lieferte ihm ein halbes Jahr lang alle deutschen Aufsätze, im vorbildlichen Pechstil. Als Liefertermin – denn ich bin ein Pech, das heißt ein vorsichtig-mißtrauischer Mensch – war der 1. Dezember vorgesehen. Aber bereits um den 7. herum begriff ich, daß mein

Knabe hinreichend langsamen Geistes war, um mir bestenfalls zum 1. Dezember 1946 besagte Fichte zu liefern – seine Gangschaltung war nicht in Ordnung, für diese Zeiten kam der Frühbebartete zu langsam auf Touren.

Mußte ich also 'nen andern Lieferanten finden, und allmählich, das heißt so am 8. Dezember, wurde es ja auch an der Zeit. Zu meinen Ämtern gehörte es auch, Bier aus unserer Eckkneipe zu holen, wenn Pechens sich gerade mal Bier spendierten. So 'ne Eckkneipe ist heutzutage ein komischer Ort – aber welchem Berliner muß ich das erst noch weitläufig deklarieren?! Kurz, durch die Eckkneipe ergab sich die Möglichkeit, einen Tannenbaum zu erwerben.

Unsere Wirtin Qualle (von wegen ihrer Wabbligkeit so getauft) machte mich mit einem biederen Greis bekannt, einem Alten, Besitzer sowohl eines graugelbweißen Schnauzbartes als auch eines Dauer-Nasen-Tropfens, der immer zu drippen drohte und doch nie fiel. Der Alte besaß, wie Qualle gehört haben wollte, in Buchholz ein Baugrundstück, auf dem er ..., aber lassen wir den ehrlichen Alten selber sprechen!

»Weeßte, junger Mann«, sprach der Greis und funkelte diamanten unter der Nase, »weeßte, ick ha' da noch an de Stücker een Dutzend Christbäume stehen. Ick broochte dir nicht, aba ick ha't int Kreuze, ick kann mir nicht bücken. Daderdrum, vastehste?! Du machst Stücker viere ab und schleppst se bei Muttan, und daderfor sollste eenen von die viere kriejen, ohne Spesen!«

»Ick wer meenen Bruder Paule mitnehmen!« sagte ich.

»Nischt!« antwortete der weißgelbgraue Schnauz. »Nischt wie Beil un Büjelsäje. Nee, Säje, kannste ooch sparen, Beil jenügt. Un knöpp et dir untan Überzieha, sonst latschen uns jleich sechse nach, un ick bin meene Bäume los!«

»Ick wert Beil in 'ne Aktentasche tun«, schlug ich vor. »Aber Paule könnte trajen helfen!«

»Nischt!« sprach der trutzige Greis von altem Schrot und Korn. »Nur wa zwee beede. Sonst nischt. Um sechse früh uff en Sonntag bei die Pankower Kirche!«

»Um sechse is doch noch dunkel!«

»Nischt! Eh wa raus sind, ist helle!«

Am Sonntag hat mich der Biedere versetzt und

sich am Dienstag, als ich ihn glücklich in der Eckkneipe erwischte, mit Reißmatüchtich entschuldigt. Er konnte erst wieder am kommenden Sonntag – und das war verdammt knapp von wegen direkt drohendem Fest. Zu Haus haben mich sämtliche Pechvögel schon verastet, Paulus verstärkte, wie er sagte, seine Pupille auf die Blautanne, Mutter jammerte ein bißchen wegen der Festfreude von Palma und Petta, und Vater sagte: »Auf uns trampeln se eben alle rum!«

Aber am Sonntag, der kam, fuhren wir wirklich mit der 49 nach Buchholz raus, der Schnauz hatte mich nicht versetzt diesmal. Nasentröpfchen rauchte aus einer halblangen Porzellanpiepe, auf deren Kopf Seine Majestät der Kaiser noch in Kürassieruniform residierte, gewaltige Wolken stinkenden Eigenbaus blasend, als wir, es wurde grade dämmrig, durch Buchholzens Kleingärten marschierten. Erst kam Kolonie Ertragreich, ihr folgte Kolonie Parkheim. Dann gingen wir um viele Ecken, ich war ganz verbiestert.

Schließlich hielt der rüstig fürbaß Schreitende inne. Es war ein mächtig feines Grundstück, groß, mit alten Bäumen und viel Gebüsch und einem durablen Drahtzaun rum. Ich fragte: »Und *das* Grundstück gehört Ihnen. Das muß ja ein paar Hunderttausend wert sein!«

»Nischt!« antwortete er wieder einmal. »Meenem Sohn seine Frau. Aba ick ha' de Vawaltung!«

Er kramte in seinen Taschen nach dem Schlüssel und rauchte dabei wie eine Enttrümmerungslokomotive. Er kramte ziemlich länglich.

»Na –?« fragte ich schließlich.

»Nischt!« antwortete er und gab's auf. Er nannte mich und mein Schicksal beim Namen, ohne es zu wissen. »Pech!« nannte er's. »Ich ha' den Schlüssel noch uffen Tisch jepackt. Un nu doch vajessen! Hilft nischt! Müssen wa noch mal raus! Nächsten Freitag kann ick!«

Ich war maßlos enttäuscht. »Freitag is ville zu spät! Können wa nich jleich heut noch ma?!«

»Nischt! Vaabredung!«

»Aber ich muß endlich einen Baum kriegen! Ich hab mich fest auf Sie verlassen!« (Vor Verzweiflung sprach ich richtig Deutsch!)

»Un ick valaß dir nich! Freitag. Pankower Kirche. Sechse!«

»Das ist zu spät!« rief ich wieder. Ich dachte an die Zwillinge Petta und Palma, auch an den Flachs von Paul, Pamela, Petra und Vater. »Ach was!« rief ich. »Helfen Sie mir rüber! Ich schaff es schon!«

»Wenn de meenst du schaffst det!«

Ich kletterte schon am Zaun hoch, mit einem Fuß stand ich auf der Klinke. Es ging – ich kam ganz glatt auf die Erde.

»Reichen Sie mir mal die Aktentasche rüber! – Wo stehen die Bäume denn?«

»Imma de Neese lang, Hauptwech runter! Denn rechts ab, bis de det Glasdach vont Jewächshaus sehen tust. Denn links – da stehn se. Nimm de vier besten; ick wart denn hier!«

Ich gehe los; einmal habe ich mich auch verbiestert, aber dann habe ich doch hingefunden – es wurde jetzt langsam hell. Die vier besten habe ich nicht nehmen können, die waren für die Elektrische viel zu groß; ich habe die vier kleinsten genommen, die waren auch noch schön genug. Überhaupt war's eigentlich schade darum, sie waren wie 'ne richtige Mauer um eine Bank rum gepflanzt, hoffentlich war die Schwiegertochter von dem Alten wirklich mit dem Abhauen einverstanden. Aber das war nicht meine Sache.

Also, ich hab sie abgehauen und bin grade dabei,

die Zweige mit Bindfaden, den ich mir eingesteckt hatte, ein bißchen zusammenzubinden, da krieg ich einen Schlag ins Genick, daß mir schwarz vor den Augen wird und ich glatt auf meine Fichten fliege. Ich rappel mich gleich wieder, stehe auf, da kriege ich einen Schwinger, daß ich wieder zur Erde muß – sie hätten mich auszählen können. Schließlich war ich soweit, daß ich die beiden Kerle wütend anschreien konnte: »Laßt das mal gefälligst! Ich hab Erlaubnis!«

»So!« sagte einer in einer grünen Joppe. »Erlaubnis –? Von wem haste denn die Erlaubnis, Sehnchen?«

»Von dem –« Fällt mir doch ein, daß ich von dem Alten nicht mal den Namen weiß. »Na – von dem Schwiegervater der Besitzerin doch!«

»Ach nee?« grinst nun der andere in braunen Manchesterhosen. »Schwiegervater von der Besitzerin – gibt's so was auch? Wer ist denn das?«

»Namen weiß ich keinen«, sag ich immer noch wütend und steh auf. Mein Gesicht brannte wie Feuer. »Aber Sie müssen den Alten doch kennen! Hat 'ne Porzellanpfeife mit dem Kaiser drauf und immer einen Tropfen an der Nase!«

Der Manchesterne will was sagen, aber der Grüne läßt ihn nicht zu Worte kommen, sondern fragt: »Wo haste denn den Schwiegervater mit dem Nasentroppen?«

Ich beschrieb ihnen genau, wo er stehen mußte.

Die Joppe sagte: »Hol dir noch Ernst und Willi zu und sieh, daß du den Alten fängst – wenn's den überhaupt gibt. Mit dem Sehnchen hier werde ich schon allein fertig.« Der Manchesterne zog ab, und die Joppe sagte: »Sehnchen, das werden teure Weihnachtsbäume! Da kommste ohne Kittchen nich von ab!«

Bei den Worten wurde mir erst klar, in welch verdammter Mausefalle ich steckte. Ich dachte an Vater, an das Pennal – über die Familie würde ich Schande bringen, und auf dem Pennal würde man mich schassen! Ich überlegte rasch: Ich hatte nichts bei mir, was mich verraten konnte (damals gab's die Kennkarten noch nicht). Wenn ich ihnen meinen Namen nicht nannte, wenn ich unter dem Namen Schmidt oder Schulze meine Strafe abbrummte, würden die Eltern sich schreckliche Sorgen machen, aber mehr als zwei Wochen konnte ich auch im Höchstfalle eigentlich nicht kriegen, und dann waren Ehre und Schulbesuch gerettet. Ich durfte nur meinen pechösen Pechnamen nie verraten.

Während ich so überlegte, habe ich meine Kleider so einigermaßen wieder in Ordnung gebracht, und mein Bewacher sagt nun: »Na, denn nimm die Bäume und kommt mit!«

Ich tat, wie er gesagt hatte. Wir mußten nur um ein paar struppig-dichte Gebüsche herumgehen, da standen wir schon vor einer Gebäudegruppe. »Großgärtnerei und Baumschulen Hoppe & Co.« las ich. Nur ein vollendeter Trottel wie der alte »Nischt« konnte auf die Idee kommen, so in nächster Nähe von bewohnten Gebäuden auf die Tannenbaumernte zu gehen, die mußten den Klang meines Beiles in ihren Stuben gehört haben! Aber, fiel mir ein, so ein vollendeter Trottel war der Alte gar nicht, der lief, da ich nichts von ihm wußte, nicht das geringste Risiko: Wenn ich was brachte, war's gut; fiel ich aber rein, fiel ich allein rein!

Auf dem Hof der Gärtnerei, von dem auch der Hauptausgang zur Straße war, standen an ein Dutzend Leute, auch Frauen darunter, und sie schienen nicht übel Lust zu haben, mir noch eine kräftige Abreibung zu verpassen, als ich meine

Tannenbäume ablud. Aber mein Begleiter hinderte sie daran. Ich wurde in ein Büro gebracht und dort von zwei jungen Gärtnergehilfen bewacht, während mein Begleiter den Chef wecken ging. Unterdes kam die Manchesterhose mit Willi und Ernst zurück; wie ich schon gefürchtet hatte, war Nasentröpfchen verschwunden. Ich beschwor sie, rasch einen Radfahrer zur Endhaltestelle der 49 zu schicken – aber sie glaubten mir kein Wort mehr von dem Alten. Das war der große Unbekannte, auf den sich anscheinend alle Verbrecher rausreden.

Dann kam der Chef; er hatte ein nettes, offenes Gesicht, aber jetzt war er sehr ärgerlich: Ich hatte den Lieblingsplatz seiner Frau grausam geschändet. Sie fingen an, mich zu vernehmen, später kam jemand von der Polizeiwache und vernahm mich auch. Aber eigentlich war nichts zu vernehmen. Ich gab an, Hans Schmidt zu heißen, in der und der Straße zu wohnen und den Alten in einer Kneipe, an die ich mich nicht erinnerte, kennengelernt zu haben. Ich hatte mit gutem Gewissen die Tannenbäume holen wollen. Das war alles, was ich zu wissen vorgab, und nach drei Stunden Vernehmung waren sie noch nicht weiter: Ich kann auch mächtig dickköpfig sein!

So schafften sie mich denn auf die Wache und vernahmen mich dort mit dem gleichen Mißerfolg weiter. Am Abend war ich im Hauptpolizeigefängnis gelandet, und am nächsten Tage wurde ich von einem richtigen Kriminalbeamten vernommen. Aber der erreichte auch nicht mehr als die andern. Ich dachte immer nur an die Schande, die ich meiner Familie machen würde, und an den Rausschmiß aus der Schule. Dazu hatte ich noch irgendwelche Kriminalromane im Kopf, nach denen es sehr gut möglich war, sich unter einem falschen Namen verurteilen zu lassen und unter einem falschen Namen seine Haftstrafe abzubüßen.

Es dauerte sehr lange, bis ich begriff, daß so was – vielleicht! – woanders möglich ist, aber nicht bei uns. Bei uns würde man mich so lange in Polizeihaft halten, bis sie meinen richtigen Namen raushatten, und wenn das Wochen dauerte! Aber ich war damals begriffsstutzig, es wollte nicht in meinen Kopf rein. Dabei machte mich die Haft und das herannahende Weihnachtsfest immer trübsinniger, ich dachte ständig an die zu Hause, die Todesangst, die sie um mich ausstehen mußten, das völlig verdorbene Fest. Ich war der Pechöseste aller Pechs, noch keinem Pech hatte das Schicksal so mitgespielt wie mir. Ich kam, als es nun wirklich der Tag vom Heiligen Abend geworden war, sogar soweit, daß ich die Heizungsrohre in der Zelle prüfend anschaute und die Schlafdecke, erst mal in Gedanken, in Streifen zerriß; ich spielte mit dem Selbstmord.

Aus diesen düsteren Gedanken wurde ich wieder mal zu meinem Kommissar zur Vernehmung geholt, und wie ich da die Stube betrete, sagt eine geliebte Stimme: »Richtig, Herr Kommissar! Dieser Hans Schmidt ist recte ein Peter Pech – Peter, du Unglücksrabe, komm zu deinem alten Vater!«

Ich bin Vatern in die Arme gestürzt und habe geheult, geheult habe ich! Und mit meinen Tränen habe ich all meine Blindheit und Torheit fortgewaschen, und als ich mein Gesicht endlich wieder abgetrocknet hatte, fing ich zu erzählen an, die Wahrheit, die ganze Wahrheit, nichts als die Wahrheit, von der Eckkneipe, der Qualle, von Nasentröpfchen, dem Besitzer eines Nasentröpfchens, dem Schwiegervater, einem großen Baugrundstück mit altem Parkgrundstück …

»Ja, so wird ein Schuh draus!« sagte der Kommissar und machte ein zufriedenes Gesicht. »Und hören Sie mal zu, mein Sohn ...«

Und dann hielt er mir eine gepfefferte Strafpredigt über all die Mühe und Arbeit und die Kosten, die ich währenddes dem Vater Staat gemacht hatte. Worauf ich mit Vater gehen durfte. Himmel, wie mir zumute war, als ich die Straße betrat, endlich frei! Ich dachte an all die Unglücklichen, für die kein Vater grade zur rechten Stunde am Weihnachtstag einsprang, sie in Fest und Freiheit zu führen, und ich dachte auch daran, wie ich durch meine eigene Dummheit beinahe um all dies gekommen wäre.

Vater sagte mir das auch. Er meinte, grade wenn man ein Pech sei und heiße, habe man die Pflicht, einem widrigen Schicksal entgegenzuwirken und es nicht durch Unbedachtheit und Torheit zu unterstützen. Ich möge gefälligst einmal an die Todesangst denken, die ich der ganzen Familie Pech, der Mutter zuvor, eingejagt hätte; und daß sie auf den Gedanken gekommen wären, den als vermißt gemeldeten Sohn erst einmal unter den Polizeigefangenen zu suchen, das hätte ich allein meinem

Bruder Paul zu verdanken, dem grade zur rechten Zeit meine Weihnachtsbaumbesorgung eingefallen sei!

Daß unser Weihnachtsfest 1945 kein voller Erfolg war, kann sich jeder denken. Petta und Palma fanden, daß ein Tannenzweig, mit drei Lichtlein besteckt, kein Ersatz für einen funkelnden Weihnachtsbaum ist, und wir Großen standen alle noch zu sehr unter dem Eindruck der Angst, die wir in den letzten zwei Wochen ausgestanden hatten. Ich denke, Weihnachten 1946 wird in jeder Hinsicht ein größerer Erfolg werden.

Mir selbst war es gar nicht so unrecht, daß es keinen Weihnachtsbaum gab, ich hätte ihn nicht ohne Selbstvorwürfe ansehen können. In diesem Jahre haben wir, da ich diese Zeilen schreibe, bereits unser Bäumchen – von Pamela besorgt. Es steht, damit die Zwillinge es nicht vor der Zeit sehen, um die Ecke herum auf dem Küchenbalkon, und ich besuche das Fichtchen dann und wann, mein Herz an seinen Anblick zu gewöhnen. Dann denke ich an den Lieblingsplatz von Frau Gärtnereibesitzerin Hoppe, der durch mich seiner geschlossenen Schutz- und Zierwand beraubt ist, und ich schwöre mir wieder einmal zu, mehr Obacht auf die Schlingen zu geben, die das Leben auch dem Redlichen, besonders heute, stellt.

Aber ich hätte – trotz alles mir fehlenden Weihnachtsgeldes – diese kleine Geschichte nicht erzählen dürfen, wenn ich ihr nicht auch in einem andern Punkte einen Abschluß geben könnte. Ja, ich habe im Jahre 1946 an zwei Tagen dem Schulunterricht fernbleiben müssen, wie man sagt, aus Gründen, die nicht gesundheitlicher Natur waren. An einem Tage mußte ich wieder mal ins Polizeigefängnis, und dort wurde mir ein alter Schnauz gezeigt –: »Er ist es!« rufe ich, denn auch das Nasentröpfchen fehlte nicht, obwohl wir Juni schrieben.

»Nischt!« sagte Nasentröpfchen gekränkt. »Den jungen Mann kenn ick jar nich! Nie jesehn!«

Und auch als ich auf Wunsch des Kriminalbeamten noch einmal die ganze blamable Geschichte erzählt hatte, blieb er bei seinem »Nischt«.

Das zweitemal blieb ich dem Unterricht fern im August, um der Verhandlung gegen Nasentröpfchen beizuwohnen. Ich habe dieser Verhandlung von der ersten bis zur letzten Minute gelauscht, soweit dies meine Zeugeneigenschaft zuließ, und ich habe dabei erfahren, welch häßlicher Wolf im Schafspelz dieser Alte war.

Das einzige Mal, daß Nasentröpfchen etwas tat und sagte, was meine Zustimmung fand, war, als der Richter ihn am Schluß der Verhandlung fragte, was er etwa zur Entlastung vorzubringen habe.

»Nischt!« antwortete Nasentröpfchen.

Die Finken sind wieder da

Die Birnen wurden reif und die Pflaumen wurden reif, sie nahmen die Äpfel von den Bäumen, und dann hackten sie die Kartoffeln aus der Erde. Statt Sonnenschein gab es nun Wolken und Regen, und der Wind pfiff viele Tage um das Haus. Das Jahr neigte sich seinem Ende zu.

Nicht zu allen Zeiten mehr konnte der Thomas im Garten spielen, manche Stunde saß er bei seinen Sachen im Kinderzimmer. Wenn ihm das aber langweilig wurde, stieg er auf den dämmrigen Hausboden hinauf, und da fand er zwischen altem, enggestapeltem Hausgerät, Koffern voll seltsam riechender Kleider, Flaschen, Vasen, Schachteln und Kisten, dem Tannenbaumschmuck des vorigen Jahres kein Ende des Entdeckens, Bauens, Spielens. Ganze Entdeckungsreisen konnte er machen, über die sorgsam geschaufelten, glattgerechten Futterhaufen des Herrn Schulz bis fort in die fernsten, dunkelsten Winkel, wo ein altes Steuerruder stand und wundervoll bunte Bilder, mit dem Gesicht zur Wand, und Koffer, vollgeklebt mit vielfarbigen Zetteln.

Dort, in einem solchen Winkel war es, daß er einen kleinen Karton fand mit seltsam haarigen Halbschalen an langen Drähten, Dingen, deren Verwendung man sich mit keinem Gedanken ausdenken konnte und die doch eine vage Erinnerung an Eis, Kälte, Gezwitscher aus seinem vergangenen Leben wachriefen. Dieses schemenhafte Erinnern machte es vielleicht, daß er, den Karton mit beiden Armen vor der Brust haltend, seinen Rückmarsch antrat. Mit Roggen füllte er seine Schuhe und mit Erdnußkuchenschrot puderte er sie, aber er kam bis zur Treppe, die hinabführte in die wärmeren, helleren Bezirke der Einwohner.

Die Bodentreppe war steil, ein Fünfjähriger mußte immerhin mindestens an einer Seite das Geländer anfassen. Damit aber war der Karton nicht mehr tragbar – und in diesem Zwiespalt nahm Thomas ihn und warf ihn von sich voraus die Treppe hinunter.

Was man so die Ungezogenheiten der Kinder nennt, ist oft nur ihr Mangel an Erfahrung. Hätte Thomas das Geschepper und Geklapper der holzigen, haarigen Halbschalen auf den Treppenstufen vorausgesehen, sicher hätte er eine andere Beförderungsart gewählt. So aber stand er verblüfft noch oben, als unten auf der einen Seite der Vater aus seinem Arbeitszimmer, auf der andern die Mutter aus der Küche gestürzt kamen. Meinten sie doch, ihr Kind Tom liege auf dem Flur, in viele Stücke zerbrochen. Es waren aber nur ...

»Sieh da, die Kokosschalen!« sagte Frau Dete, etwas spitz. »Zips, hast du mir nicht vorigen Winter gesagt, sie seien verschwunden?!«

»Und das waren sie auch!« antwortete Herr Rogge. »Den ganzen Boden habe ich nach ihnen umgedreht. Weiß der Henker, woher sie jetzt gekrochen kommen!«

»Man muß euch Männer nur einmal forträumen und dann wiederholen lassen«, murmelte die Frau, aber doch immerhin so leise, daß Herr Rogge es mit Anstand und ohne Feigheit überhören konnte.

»Thomas, mein Sohn!« rief er. »Du hast helle Buxen an, es hat keinen Zweck, daß du dich da oben ins

Dunkle zurückziehst, man sieht dich doch. Steige herab, du gewaltig lärmendes Kind, und erzähle uns, woher du diese Kokosschalen gezaubert hast.«

Herrn Rogge verführte sein beweglicher Geist oft, so bilderreich zu reden, und diese bilderreiche Sprache verführte wieder den Sohn, keine vernünftige Auskunft zu geben, sondern »Kratsch« zu machen. Auf das Wort vom Zaubern hin verzerrte Thomas die Züge zu etwas, was er für das furchterregende Gesicht einer Hexe hielt, mit »Hu-Hu!« sauste er die Treppe hinab, grade seiner Mutter in die Röcke, und kniff sie so, daß sie wirklich aufschrie.

Es dauerte eine ganze Weile, bis der Trubel aus Schelten, Huhen, Festhalten sich auflöste und der eine Teil erfuhr, daß die Kokosschalen in der Ecke beim Steuerruder gestanden hätten. – Dete: »Aha, dacht ich's mir doch!« Und Zips: »Nun sage mir um alles in der Welt, was du dir gedacht hast! Gar nichts, bitte schön!« – und bis der andere Teil erfuhr, daß diese Kokosschalen vor zwei Wintern zum Vogelfüttern gedient hätten.

»Und was haben die Vögel letzten Winter gefressen? – Gibst du den Vögeln nicht jeden Winter zu fressen, Vati? – Wann ist jetzt Winter? Gleich oder bald? – Mutti, was tust du in die Schalen? – Mutti, warum sind denn Drähte an den Schalen? – Vati, was ist Palmin? – Vati, willst du mir bitte mal ganz genau sagen, wie Palmin gemacht wird?«

Und so weiter und so weiter. Bis das Elternpaar floh, jedes in sein Reich zurück, und Thomas allein blieb mit den wiedergefundenen, einst heiß umstrittenen Futterschalen, um die sich doch nun wieder kein ›Großes‹ kümmerte.

Aber in Verlust gerieten sie diesen Herbst doch nicht wieder. Eine Weile lagen sie ziemlich nutzlos im Kinderzimmer umher, und während dieser Weile elendete Thomas seinen Vater recht mit der Frage: »Vati, wann füttern wir die Vögel? Vati, ist noch nicht Winter?« – Aber dann fand Thomas eine Verwendung für sie, er machte sie zu Vorratsgefäßen seines Kaufladens und füllte die eine mit Erbsen, die zweite mit Bohnen, die dritte mit Bonbons – und ein Grauen war es, fand Frau Dete, wieviel gute pure Kolonialwaren in eine solche halbe Kokosnuß hineingingen.

Die letzten Blätter waren von den Bäumen gefegt, der Garten hatte vor Nässe getrieft, alle Wege quatschten, und alle kleinen Jungenschuhe waren immer feucht vom Waten durch alle Pfützen. Dann drehte der Wind von West über Nord nach Ost, in den Nächten – und sie kamen jetzt so früh – war der Himmel ganz hoch, pechschwarz, strahlend, funkelnd mit tausend Sternen.

Eines Morgens war es so hell im Zimmer des kleinen Tom beim Anziehen, und als die Mutter lächelnd die Gardinen zurückzog, war das Land weiß, weiß. Weiß!

»Schnee!« jubelte Thomas. »Mein Schlitten!« schrie Thomas.

»Heute füttern wir die Vögel zum erstenmal«, sagte Frau Dete, aber noch ging das unter in der ersten Seligkeit über den reinen, kühlen Himmelsgruß. Jauchzend wälzte sich Tom im Schnee, kugelte Abhänge hinab, stapfte in die tiefsten Wehen – wurde hereingeholt, unter brüllendem Protest, klamm wie ein Scheit Holz im Walde und naß wie ein Schweinsrüssel. – Wurde trocken angezogen – und die Mutter sah nur einen Augenblick nach dem Essen, schon war er wieder draußen, jauchzend, jubelnd: »Rein verdreht ist der Bengel heute!«

Erst nach dem Kakaotrinken am Nachmittag – es

dämmerte schon wieder – fand Thomas Zeit und Lust, der Küche einen längeren Besuch abzustatten. Seltsames, unbegreifliches Tun der Frauen! Haustochter Isi hatte einen Haufen alter Speckschwarten vor sich, piekte in jede ein Loch und zog säuberlich einen Bindfaden hindurch, an den sie sorgsam eine Schlinge machte. Haustochter Käti stand am Herd und briet etwas, und die Mutti hatte alle Kokosschalen vor sich stehen und füllte sie aus einer Tüte und der Bratpfanne Kätis.

Eigentlich wollte Thomas zuerst einmal gründlich meckern wegen der unberechtigten Benutzung ›seiner‹ Kokosnüsse, aber dann war es doch zu interessant, wie die Mutti einen weichen Brei aus Hanfsamen, Sonnenblumenkernen, Raps, Rübsen und Palmin einfüllte, wie die durchsichtige, helle Masse sich langsam mit einer weißlichen Haut überzog und dann grau und fest wurde.

»Morgen hängen wir sie dann den Vögeln hin.«

»Morgen ...? Heute, Mutti!«

»Heute ist es schon zu dunkel, Thomas. Heute schlafen die Pieper schon.«

»Und was haben die Pieper *heute* gefressen?«

Es hatte noch mehr geschneit über Nacht, durch

noch höheren Schnee als am vorigen Tage gingen sie von Baum zu Baum, und hier hängten sie eine Speckschwarte auf und dort eine Kokosschale. Der Garten war so still und leer, das Land vom Frost so weit und hell.

»Wo sind denn all die Pieper, Vati?« fragte Thomas. »Es gibt ja gar keine Pieper mehr.«

Trotzdem hängten sie weiter auf: »Du wirst schon sehen, Thomas!« Und die alte Linde vor Toms Fenster bekam zur dicksten Schwarte zwei Schalen! Da stand nun der kleine Thomas, und manchmal lief er auch durch den Garten, aber es war alles nur solch Erwachsenen-Unsinn. »Es gibt ja gar keine Vögel mehr, nur noch die Raben.«

Es war langweilig – und mit dem Schlitten die Wiese zum See hinabzugleiten, war tausendmal besser.

Aus dem Bett, wie sie waren, sprangen Herr und Frau Rogge von einem Schrei. Im Schlafanzug stand der kleine Thomas an seinem Fenster, drückte sich an der Scheibe die Nase breit und jubelte atemlos: »Die Grünfinken ... Die Finken! Mutti, Vati – unsere Finken sind wieder da!«

Er sah die Eltern an mit glänzenden Augen, mit Augen voll tiefen, geheimnisvollen Lichts seligster Freude, und dann sah er wieder zu seiner Futterstelle hin. Und wirklich hingen da schaukelnd zwei Grünfinken an den Schälchen, pickten, fraßen …

»Unsere Grünfinkenmutti! Unser Finkenvati …!«

Glück! Glanz aus dem Paradies. Seligkeit, wie sie später nie wieder kommt.

Noch mehr Seligkeit …?

Es flattert, es huscht um die Stallecke. Mehr Finken, atemlos zählt Thomas: »Eins, zwei, vier, drei, sechs – oh, Vati, die ertrunkenen Pieper sind wieder da! Sechs Stück! Oh, Vati, Mutti, sie sind gar nicht ertrunken, sie sind wieder gut mit mir – unsere Grünfinken!«

Frau Dete hätte gar nicht mahnend die Schulter ihres Zips zu berühren brauchen – was hieß hier Pädagogik?! Was hieß hier Lügen?!

»Richtig«, sagte Herr Rogge und räusperte sich. »Unsere Finken sind wieder da – und grade zu dir sind sie gekommen, Tom.«

»Unsere versoffenen Finken …« sprach das Kind und atmete selig tief, als sei eine Last von seinem Herzen.

Das versunkene Festgeschenk

Als der Frachtdampfer ›Fröhlicher Neptun‹ nach fast einjähriger Ostasienfahrt beim Asia-Kai in Hamburg am 22. Dezember festmachte, hatte er siebenunddreißig höchst aufgeräumte Mann der Besatzung an Bord – und einen sehr betrübten, nämlich den zweiten Offizier, mit Namen Hein Martens.

Was die siebenunddreißig vergnügten Leute angeht, so bedarf ihre Fröhlichkeit – die noch die des lachenden Neptun an der Gallion übertraf – keiner weiteren Begründung. Es ist immer herrlich, nach langer Fahrt in den Heimathafen einzulaufen, und wie erst am 22. Dezember, direkt vor dem lieben Weihnachtsfest! Eltern und Kinder, Freunde und Bräute, Herren mit Sehnsucht, mit Freude, mit Ungeduld der Heimkehrer, und das, was man ihnen allen aus der Seekiste an Geschenken zuteilen kann, ist immer willkommen: denn um ein Geschenk zum Weihnachtsfest strahlt immer ein besonderer Glanz.

Aber das war es ja gerade, was dem zweiten Offizier Hein Martens alle Freude an der Heimkehr verdarb und den frohen Schimmer des nahen Weihnachtsfestes verdunkelte: er hatte die schönste Seide aus Japan in seinem Koffer, gezuckerten Ingwer, herrliche, hauchdünne Teeschälchen und ein Lacktablett in Schwarz mit Rot und Gold, das jedes Frauenherz höher schlagen lassen mußte. Doch das, was er eigentlich hätte haben müssen, was er sehr wohl gehabt hatte, wonach er mit Ausdauer und Klugheit gejagt hatte, was er die ganze Heimfahrt bei sich in der Tasche getragen und zehntausendmal angesehen, gestreichelt und geliebkost hatte – mit all den sehnsüchtigen Wünschen, die ein junger und sehr verliebter Ehemann in sein kleines, nagelneues Puppenheim schicken kann, das hatte er eben nicht mehr! Gewissermaßen angesichts der Heimat, ein paar Seemeilen vor der Alten Liebe, war es ihm aus den Händen gerutscht, ohne jeden merklichen Plumps hatten sich die trübgrauen Wellen der Nordsee darüber geschlossen: atjüs, kleiner Buddha, auf Nimmerwiedersehen!

Der Kapitän ist, wie immer, mehr Freund und Kamerad als Vorgesetzter: sobald sich der erste Ankunftstrubel gelegt hat, fragt er seinen zweiten Offizier: »Na, Martens, wie ist es denn mit Ihnen? Wenn mir recht ist, sind Sie diesmal dran mit der Bordwache, und zwar das ganze Fest über.«

»Geht in Ordnung, Käpt'n«, antwortet Martens, so betrübt wie ein Kabeljau, der auf Land liegt.

»Was?!« ruft der Kapitän und rollt vor Erstaunen seine kugelrunden, ein bißchen vorstehenden Augen. »Geht in Ordnung, sagen Sie junger Ehemann?! Als wir vor über zehn Monaten hier in Hamburg ablegten, waren Sie, wenn ich mich nicht sehr irre, sechs Wochen verheiratet ...?«

»Fünf Wochen vier Tage, Käpt'n.«

»Na also! Und Sie schreien nicht Zeter und Mordio, daß Sie das Fest über hier Kahnwache halten müssen? Was ist denn in Sie gefahren?!«

»Gar nichts, Käpt'n. Nur ...«

»Was nur ...?«

»Ich bin nämlich ganz einverstanden, wenn ich hier Wachdienst tue.«

»Das Fest über ...?«

»Das Fest über.«

Der Kapitän rollte jetzt die Augen und ballte die Fäuste, er schnaufte vor Zorn wie eine Dampfmaschine unter Überdruck. »Ihr jungen Esel!« rief er wütend. »Lernt erst mal euch in der Ehe benehmen! Ich kann mir schon denken, was los ist. Erst schreibt sich das alle Tage die verliebtesten Turteltaubenbriefe – ich habe ja Ihre Post in jedem Hafen gesehen, ein Generaldirektor hat keine größere – und dann schleicht sich irgend so ein Mißverständnis ein oder eine gute Nachbarin schreibt eine hübsche kleine Gemeinheit. Und gleich ist der Pott entzwei, und wo eben noch der Himmel voll lauter Lerchen hing, krähen jetzt bloß noch die Raben ...«

»Entschuldigen Sie, Käpt'n, wenn ich Ihnen erklären dürfte ...«

»Das dürfen Sie eben nicht! Kein Wort will ich von all Ihrem Liebeskummer hören! – Warten Sie, heute und morgen haben wir noch zuviel mit der Entladung zu tun, aber am 24. morgens, vor der ersten Wache, verdünnen Sie sich von der ›Fröhlichen Neptun‹, fahren schnurstracks nach Haus, fassen Ihr Frauchen liebevoll um, und wenn Sie ihr dann in die Augen sehen, werden Sie auf der Stelle begreifen, daß Sie durch die lange Trennung bloß in ein albernes Spintisieren geraten sind, daß Sie aber …«

»Wenn ich Ihnen auseinandersetzen dürfte, Käpt'n … Ich möchte wirklich, wenigstens das Fest über …«

»Fallen Sie jetzt schon Ihrem Vorgesetzten ins Wort, Herr …?! Ich erteile Ihnen hiermit den dienstlichen Befehl, Herr Martens, Ihren Mund zu halten und übermorgen um acht Uhr morgens von Bord zu verschwinden. Verstanden, Herr Martens?«

»Zu Befehl, Käpt'n!« sagte Herr Martens sehr kleinlaut und grüßte mit der Hand am Mützenrand.

»Schellfisch!!!« brummte der Alte recht vernehmlich hinter ihm drein. »Dorsch!!! Katzenhai!!! Ach, nichts weiter wie ein jämmerlicher Stint …!«

Und wirklich, ganz wie ein jämmerlicher Stint fühlte sich Hein Martens, als er am Morgen des Weihnachtstages die ›Fröhliche Neptun‹ verließ, in jeder Hand einen Koffer. In den Koffern waren all die schönen Dinge, die bereits aufgezählt worden sind, vom Lacktablett bis zum Ingwer. Aber der kleine Buddha war nicht darin. Der kleine Buddha lag auf dem Grund der Nordsee, und auf ihn allein kam es doch an! Für den kleinen Buddha hatte er seiner jungen Frau Wort und Ehre verpfändet (wie er sich jetzt in seiner Trübsal einbildete), er hatte ihn schon besessen, und direkt vor dem Ziel hatte er ihn absaufen lassen. Es ist eine schreckliche Sache, wenn man eine sehr erstrebte Aufgabe im Leben schon gelöst hat, und plötzlich – durch einen törichten Zufall – ist die Lösung zerstört, unwiederbringlich!

Nicht einmal einen Plumps hatte er im Wasser getan, und da lag er nun unten, nützte niemandem und verdarb ihm und ihr alle Freude! Es war, um mit den Zähnen zu knirschen und sich das Haupthaar auszuraufen! Aber Hein Martens hatte das nach jenem unseligen Verlust schon so ausgiebig getan, daß jetzt alle Zorneskraft in ihm verpufft war und er wirklich nichts weiter war als ein jämmerlicher Stint, der Käpt'n hatte ganz recht!

Warum aber war der kleine Buddha für das Lebens- und Eheglück der jungen Martens-Leute so wichtig?

Das muß nun zuerst berichtet werden, sonst versteht kein Mensch, warum der sehr junge zweite Offizier – sonst ein recht fröhlicher, tatkräftiger Mann – trotz der Weisung seines Kapitäns nicht direkt mit seinen Koffern nach Haus fährt, sondern statt dessen durch den nebligen, niesligen, naßkalten Hamburger Morgen zu Tante Paula geht. Das ist ein Seemannshaus, das er in seinen Junggesellentagen regelmäßig aufgesucht hat, ein völlig anständiges Quartier übrigens; aber eigentlich hatte er gedacht, er würde es als Ehemann nie wieder aufsuchen müssen.

Nun sitzt er also dort in der verblakten Gaststube, die andern Gäste haben ihren Kaffee vor sich, er aber einen steifen Grog. Ein wenig früh für diese Morgenstunde, aber ihm ist so, leider. Und wie kam es mit dem kleinen Buddha? Einfach und geheimnisvoll wie die meisten wichtigen Dinge unseres Lebens. Denn daß er seiner Braut und später seiner jungen Frau viel von seinen Fahrten erzählte und von den Ländern und Städten, die er gesehen und von den Menschen aller Farben und ihrem Leben und von den fremdartigen Dingen, das war einfach und selbstverständlich.

Es war auch weiter einfach und selbstverständlich, daß in der jungen Frau der Wunsch aufwachte, von diesen Dingen nicht nur zu hören, sondern sie auch zu sehen, und so gingen sie denn in die Museen und sahen sie sich an. Es war ganz herrlich, wie ihm da angesichts der aufgestapelten Herrlichkeiten die Erinnerung wieder lebendig wurde. Wenn er da so ein Baströckchen hängen sah, ein wenig verstaubt und unfrisch, so kam ihm gleich ein Morgen in einem kleinen Südseehafen ins Gedächtnis. Ein junges, sanftäugiges, sanfthäutiges Mädchen war an ihm vorbeigegangen, ganz schnell hatte es ihn einmal angesehen, und eine Blüte hatte sie zwischen den Lippen gehabt. Ja, da wurde bei solchen Erinnerungen das Baströckchen wieder frisch, wie der Morgen und das junge Weib frisch gewesen waren, und sein junges Weib hörte diesen Erzählungen mit leuchtenden Augen zu, manchmal aber auch ein ganz klein bißchen eifersüchtig. Ja, das war alles schön und selbstverständlich gewesen, das Rätselhafte aber hatte damit begonnen, daß seine Frau sich in die Buddhas verguckt hatte. Es gab sehr viele Buddhas in diesem Museum, im Grunde sagten sie ihm gar nichts, wie sie da auf ihren Lotosblättern hockten, in Bronze oder vergoldet oder pechschwarz, manche so klein, daß man sie in die Westentasche stecken konnte, und andere riesengroß wie drei Männer. Manche hatten noch eine Scheibe hinter dem Kopf, bei den meisten aber war das Haar in eine komische Schafslöckchenperücke gelegt. Und alle lächelten sie ein wenig dümmlich, fand wenigstens er.

Sie aber fand das gar nicht. Im Gegenteil, je öfter sie in das Museum kamen, um so länger verweilten sie bei den Buddhas. Vorbei war es mit den fröhlichen Erinnerungen, sie stand stumm vor den Bildern. Manchmal aber drückte sie fest seine Hand und flüsterte: »Nein, wie schön das ist. Es ist das Schönste, was ich je gesehen habe!« Oder: »Siehst du nicht, wie herrlich er lächelt, Hein? Er muß schon ein Gott sein, um so lächeln zu können!«

Hein Martens sagte zu alldem ja und hielt auch geduldig aus. Er verstand nicht viel von Mädchen und Frauen, sie waren wohl sehr anders als die Männer, das mußte man eben in Kauf nehmen. Ein bißchen ängstlich wurde er erst, als sie ihm erzählte, sie fange jetzt an, nachts von den Buddhas zu träumen, und immer wieder komme es in ihrem Traum vor, daß sie ganz schnell und heimlich einen klitzekleinen Buddha in die Handtasche steckte. Sie konnte es genau schildern, der Aufseher war im Raum, sah aber gerade fort – und sie war so geschickt!

Erst schämte sie sich schrecklich wegen dieser diebischen Träume, aber komisch, diese Scham verlor sich rasch. Bald brachte sie es fertig, ihn anzustoßen: »Jetzt würde es großartig passen! Ach, Hein ...«

Ja, da bekam er es mit der Angst. Immerhin ging er auf lange Fahrt, überließ seine junge Frau für viele Monate sich selbst – das war schon ängstlich. Aber da fiel ihm zur rechten Zeit ein, daß sie ja nach Indien, nach Japan und nach China fahren, alles Länder, in denen es die Buddhas haufenweise gibt. Er schlug also seiner Frau vor, ihr einen Buddha mitzubringen. Diese Aussicht machte sie ganz glücklich! Sicher hatte sie auch schon unter Ihrem Verlangen gelitten. Er mußte ihr schwören, auf Ehre und Seligkeit, daß er ihr einen schönen alten Buddha mitbringen würde, keinen nachgemachten aus Meerane oder Birmingham, sondern einen echten!

Sie sprach nun immer nur davon. Manchmal wurde sie ganz trübsinnig, er könne es vergessen oder doch nicht den richtigen bringen, das mußte ihrer Ehe Unheil bringen, schien es. Dann fuhr er fort, und ihr letztes Wort war nicht »Auf Wiedersehen!« sondern »Vergiß nicht!« (Komisch, rätselhaft sind diese Frauen!) Und nun kamen ihre Briefe, und in jedem Brief schrieb sie von ›ihrem‹ Buddha, und dann schrieb sie ihm davon, daß sie ihm dann auch etwas Schönes schenken würde, etwas ganz besonders Schönes, das er sich gar nicht denken könne …

Er machte sich nicht viel Gedanken deswegen. Der Käpt'n hatte ganz recht, ihn einen jungen Esel zu nennen, und von jungen Frauen hatte er wirklich nur eselhafte Kenntnisse. Doch der Buddhakauf gelang, es war nicht einmal ein Kauf, sondern er lernte zufällig in Nagasaki einen sehr netten, gebildeten Japaner, der sogar in Deutschland studiert hatte, kennen. Und wie es eben kam, in einem Gemisch aus Englisch und Deutsch erzählte er Herrn Mikimoto von dem brennenden Wunsch seiner Frau.

Herr Mikimoto lächelte ernst dazu und nickte würdig mit dem Kopf und sagte: »Das ist aber gut! Aber sehr gut ist das!« (Was Hein Martens gar nicht fand.) Und beim nächsten Wiedersehen überreichte er seinem deutschen Freunde einen daumenlangen Buddha, aus rötlichem Speckstein geschnitten. Es war wirklich ein Kleinod, wie Martens nachher Kenner sagten, und Herr Mikimoto wollte um keinen Preis Geld dafür nehmen, mit Mühe und Not brachte es Hein Martens fertig, ihm den schönen neuen Fotoapparat dafür zu ›schenken‹.

Auf der langen Heimfahrt hatte Hein Martens den Speckstein-Buddha stets bei sich getragen, er hatte ihn hundertmal in Händen gehalten und ihn in Gedanken an die so geliebte, ersehnte Frau gestreichelt. Er hatte sich sogar mit ihm angefreundet, er fand ihn weder langweilig noch dümmlich. Der kleine Buddha war gewissermaßen ein Stück von Elisabeth geworden – ehe sie ihn noch gesehen hatte!

Und nun lag er auf dem Grunde der Nordsee!

Drei steife Grogs, am frühen Morgen auf nüchternen Magen genossen, hatten doch ihr Gutes, so kam es wenigstens Hein Martens jetzt vor. Schließlich war es ja gar nicht so schlimm, daß der kleine Buddha des freundlichen, brillenäugigen Herrn Mikimoto abgesoffen war – es mußte auch in Hamburg genug Buddhas zu kaufen geben. Und Geld genug hatte er augenblicklich in seiner Brieftasche stecken, gutes, sorglich gehütetes Heuergeld!

Es war zwar eigentlich für ganz andere Dinge bestimmt, zum Ausbau des jungen Heims, von der Nähmaschine an bis zum Radioapparat, aber das war jetzt egal. Der Alkohol, der nie etwas anderes ist als ein Lügner, Prahler und Schwätzer, redete Hein Martens ein, daß es seiner jungen Frau gleich sein könne, ob der Buddha aus Nagasaki oder vom Johannisbollwerk stammte – wenn sie es nur nicht merkte! Er war sonst ein anständiger und ehrlicher Kerl und nicht gesonnen, seine Frau auch nur in den geringsten Dingen zu hintergehen. Aber hier, in diesem Fall, setzte plötzlich die Leitung aus, der Grog flüsterte ihm ein, er tue seiner Frau nur etwas Gutes, wenn er einen falschen Buddha unterschöbe.

Er stand also mit einem Ruck auf, vertraute Tante Paula seine Koffer an und ging auf die Buddhajagd. Es war immer noch diesig und naßkalt, im Hafen tuteten, heulten und klingelten sie mit allerhöchster Geschäftigkeit, wahrscheinlich, um sich am Heiligen Abend um so besser ausruhen zu können, aber das alles ging Hein Martens nichts an. Er war von Bord und auf der Jagd für das Weihnachtsfest, zwar ein mogliges, aber, wie schon gesagt, der Grog …

So ganz einfach war die Jagd aber scheinbar nicht. Hein Martens suchte auf und ab, am Baumwall, auf den Vorsetzen, bei den Mühren, am Hopfenmarkt und im Dornbusch, er rannte mit einer löblichen Ausdauer in die unmöglichsten Geschäfte und fragte um einen Buddha, daumenlang, aus rötlichem Speckstein – denn so war er ja seiner Gattin bereits signalisiert! –, aber alles umsonst.

Die Buddhas waren in Hamburg nicht so dicht gesät wie in Ostasien, helfende Mikimotos stellte das Geschick auch nicht zum zweitenmal zur Verfügung, und was Hein Martens so zu sehen bekam, das war alles einfach Dreck aus Birmingham oder Meerane, was es ja gerade nicht sein sollte. Es erwies sich nun, daß der Umgang mit dem kleinen Buddha des Herrn Mikimoto Hein Martens Geschmack gelehrt hatte. Er sah auf den ersten Blick, wie unzulänglich diese Massenerzeugnisse waren und wie schön sein kleiner Freund gewesen. Als er noch neben Elisabeth im Museum gestanden hatte, waren alle Buddhas, ob Gold, ob Speckstein, ob schwarzes Holz, für ihn gleich gewesen, alle hatten sie in derselben dümmlichen Art gelächelt. Jetzt entdeckte er plötzlich, daß sein Buddha wirklich schön gelächelt hatte, etwas Feierliches und himmlische Ruhe hatten darin gelegen.

Sein Irrweg hatte Hein Martens allmählich immer weiter aus der vertrauten Hafengegend fortgeführt, über den Großen Burstah war er so sachte auf dem Jungfernstieg angelangt. Hier herrschte heute – trotz des ungemütlichen Wetters – Großbetrieb: vor den Läden stauten sie sich, und in den Läden quetschten sie sich. In den Schaufenstern aber standen die Weihnachtsmänner mit Brille, Rute und Bart, und alle mit dem roten Mantel. Auch funkelte es in den Fenstern von Weihnachtstannen, strahlend bedeckt mit Flitterkram, und die Kinder drückten sich an den Scheiben noch immer die Nasen weiß und breit, genau wie er es als Junge getan hatte.

Das Herz wurde dem Hein Martens immer schwerer, wenn er an all die seligen Wünsche dachte, die sich heute zur Nacht erfüllen würden, und er sollte seiner Elisabeth ihren Lieblingswunsch nicht erfüllen dürfen! Als er dann ein Geschäft sah, das sich nach seinem Schild mit Ostasienkunst befaßte, trat er ohne Zögern ein, obwohl er sonst nie in dieses Geschäft gegangen wäre: es sah viel zu fein und teuer für ihn aus!

In dem Laden waren auch nur wenig Käufer, sie standen auf dicken Teppichen, und es wurde leise und vornehm mit ihnen geflüstert. Ebenso leise und vornehm wurde Hein Martens von einem bleichen, dunklen Herrn nach seinen Wünschen gefragt. Ein wenig unsicher brachte er sein Verlangen nach einem daumengroßen Buddha aus rötlichem Speckstein vor.

Der dunkle, bleiche Herr dachte einen Augenblick nach, sagte dann: »Ich will einmal nachsehen. Es ist möglich, daß wir so etwas dahaben.« Und verschwand.

Mit pochendem Herzen wartete Hein Martens – vielleicht konnte er doch noch den Wunsch seiner Frau erfüllen? Unwillkürlich faßte er nach seinem Geld, es wölbte seine linke Brusttasche erfreulich!

Dann kam der Verkäufer zurück und trug auf einem Tablett, feierlich wie eine Reliquie, einen kleinen rötlichen Buddha! Martens sah zwar sofort, daß dieser kleine Gott längst nicht den Vergleich mit seinem verlorenen aushalten konnte: er war lange nicht so fein geschnitten, hatte derbe Züge, und auch sein Lächeln war etwas derb, außerdem war er über handlang – aber was machte das alles?

Elisabeth kannte den andern nicht, und so würde ihr dieser schon gefallen!

»Den nehme ich!« sagte er rasch. »Was kostet er?«

Der Verkäufer hob den Buddha mit zwei spitzen Fingern und sah unter seinen Sockel. Dort war ein Zettel aufgeklebt, und auf dem Zettel standen einige Buchstaben. Diese Buchstabenschrift schien nicht ganz leicht zu entziffern, es dauerte eine ganze Weile, bis der bleiche Herr mit ernstem Blick »tausendsiebenhundertfünfzig Mark« sagte.

»Wie?!!!« schrie Hein Martens und tat einen Satz, als sei ihm die Marsstange gegen den Kopf geschlagen.

»Eintausendsiebenhundertundfünfzig Mark, bitte schön«, wiederholte der dunkle Herr vollkommen deutlich.

»Aber das ist doch unmöglich!« rief Hein Martens, und Aufregung und Grog machten ihn recht unlogisch. »Ich hab einen viel hübscheren Buddha gehabt und habe ihn in die Nordsee fallen lassen!«

Der Verkäufer sah ihn aufmerksam und ernst an.

»In der Nordsee liegt er!« wiederholte Hein Martens mit Nachdruck. »Wie kann Ihrer da so viel Geld kosten?! Das kann ich nie bezahlen!«

»Tja!« sagte der Verkäufer. Er setzte den Buddha auf das Tablett zurück und wandte sich zum Gehen. »Da hätten Sie eben besser aufpassen müssen. Wir hätten Ihnen viel Geld für einen guten Buddha aus rotem Speckstein bezahlt – so etwas ist eine Rarität.«

Eine Weile später saß Hein Martens in einem Lokal an der Reeperbahn.

Doch diesmal tat ihm der Alkohol nicht den Gefallen, sein Herz mit Hoffnungen zu erfüllen, er machte alles nur immer düsterer. Es war aussichtslos, einen Buddha zu kaufen; es war ausgeschlossen, mit leeren Händen vor seine liebe Frau zu treten, sein Leben war verpfuscht, durch seine Schuld, er hätte eben besser aufpassen müssen, das hatte der Verkäufer sehr richtig gesagt.

Er weiß nicht, wie er aus dem Lokal gekommen ist, aber hier ist er nun vor dem Portal des Museums, grade wie ein Baum, seiner Sinne völlig mächtig – so ein bißchen Grog tut ihm doch nichts!

Immerhin weiß er nicht, warum er hier hineingeht. Der Pförtner schaut auf und sagt: »Wir schließen in einer knappen halben Stunde, mein Herr!«

»Macht nichts!« ruft er fast fröhlich. »Ich will bloß

was nachsehen. In einer Viertelstunde bin ich wieder draußen.«

Er geht schnurstracks auf die Ostasienabteilung, zu den Buddhas. Hier hat er mal Angst gehabt, seine Frau könnte eine Dummheit machen, und darum hat er ihr versprochen ... jedenfalls ist hier jetzt kein Mensch. Ein Aufseher (nicht der, den er von früher kennt) geht vorüber und sagt mahnend: »In einer Viertelstunde schließen wir.«

Drei Minuten später verläßt Hein Martens das Museum, einen daumenlangen Buddha aus rotem Speckstein in der Tasche.

»Das ist ja wirklich schnell gegangen«, sagte der Mann am Tor und lächelt.

Aber Hein Martens antwortet nicht. Er steht nun auf der Straße, sein Weg ist klar: so schnell wie möglich zu Tante Paula, um die Koffer zu holen, und dann ebenso schnell zu Elisabeth, mit all den Geschenken, der Seide, dem Ingwer, den Teeschälchen, dem Lacktablett und dem kleinen Buddha. Er hat alles, was für ein fröhliches Weihnachtsfest notwendig ist.

Aber in Wirklichkeit beeilt er sich gar nicht. Es dauert ziemlich lange, bis er bei Tante Paula eintrifft. Und auch dort verlangt er nicht sofort seine Koffer, sondern läßt sich einen starken Kaffee kochen. Mit dem setzt er sich an den Holztisch, stützt den Kopf in die Hand und denkt nach.

Es ist eine ungeheure Veränderung in seinem Leben eingetreten, sein umduselter Schädel versteht es nur langsam, aber eines weiß er schon: er kann sich nicht mehr freuen. Er kann sich nicht mehr über seine Frau freuen, nicht über das Weihnachtsfest, auch nicht über das eigene Heim, die ›Fröhliche Neptun‹ – er wird nie wieder mit dem Käpt'n wie früher reden können.

»Ich bin ein unehrlicher Mensch«, sagt er halblaut zu sich und sieht sich scheu in der Gaststube um, ob die ihm wohl was ansehen. Nein, sie sehen ihm nichts an, aber das ändert nichts, da er es von sich weiß. Wie soll ich heute mit Elisabeth Weihnachten feiern? denkt er wieder.

Schließlich nimmt er die Koffer und geht. Er geht den ganzen weiten Weg bis Hammerbrook, in jeder Hand einen Kabinenkoffer. Dabei kann er nachdenken, und damit kann er das Wiedersehen etwas hinausschieben.

Und nun steht er vor dem Haus und sieht hinauf.

Dort oben, hinter dem schwacherleuchteten Fenster, sitzt sie und wartet auf ihn. Sie weiß natürlich aus der Zeitung, daß die ›Fröhliche Neptun‹ eingelaufen ist, aber sie haben ausgemacht, daß sie sich nicht vor fremden Leuten, daß sie sich nur im eigenen Heim wiedersehen wollen.

Und nun kommt er in dieses eigene Heim, er stellt es sich genau vor, wie er die Koffer absetzt, sie umfaßt, in ihr Auge sieht ... Sie küssen sich – aber in der Tasche hat er den gestohlenen Buddha. O du mein lieber Herr und Gott, was ist denn das für ein Wiedersehen! Das ist doch kein Wiedersehen für einen Mann und Gatten – das ist was für feige Lumpen! Und wenn es die ganze Welt nie erfährt, er weiß es – und sie wird es spüren, von der ersten Minute, vom ersten Blick an!

Nein, er geht nicht in das Haus. Er dreht sich um, stellt die Koffer in der nächsten Wirtschaft ab und winkt einer Taxe. Soll sie warten – soll sie lieber ein halbes Jahr, ja, ein ganzes Jahr warten müssen, aber verlogene Feste feiern – nein, er nicht!

Die Taxe hält vor dem Museum, aber da ist alles dunkel und still. Kein Mensch da! Daran hat er nicht gedacht – was soll er nun tun? Es bleibt nur ein

Weg, der schwerste, sich selbst anzuzeigen. Er läßt sich zur nächsten Wache fahren.

Auf der Wache sitzen sie ziemlich gelangweilt herum, sie haben alle Zeit, ihn sich genau anzusehen. Sie sind auch nicht besonders fröhlicher Stimmung, die Herren Beamten, ein Weihnachtsabend mit den obligaten Festbetrunkenen statt mit lachenden Kindern ist nicht stimmungsfördernd.

»Was wollen Sie denn?« fragt ihn einer ziemlich unfreundlich.

Hein Martens hält den Buddha in der Tasche umklammert, eigentlich wollte er ihn jetzt vorziehen und alles beichten. Aber bei diesem unfreundlichen Ton schreckt er zurück. Im Augenblick fällt ihm etwas anderes ein: Er bittet um die Adresse von dem Leiter der Ostasienabteilung im Museum.

»Wozu wollen Sie die denn wissen?«

»Ich habe ihm was zu bringen.«

»Ist denn das so eilig? Heute ist Weihnachten!«

»Gerade darum. Er muß es noch vor dem Fest haben!«

»Sie sind doch Seemann? Was haben Sie denn für ihn?«

»Ich muß ihm was abliefern.«

»Gib ihm doch die Adresse!« schlägt ein Freundlicher vor.

»Du siehst doch, er hat einen sitzen«, antwortet der Scharfe. »Wenn wir ihm die Adresse geben, kriegen wir womöglich einen auf den Deckel. – Zeigen Sie erst mal, was Sie für ihn haben.«

Vorsichtig nimmt Hein Martens den kleinen Buddha aus der Tasche. Nun kommt es darauf an, ob sie hier schon etwas von dem Diebstahl wissen – in einer Minute kann er verhaftet sein!

Aber sie sehen ganz gleichgültig auf den kleinen Gott.

»Ach, so 'ne Puppe!« sagt der Scharfe. »Ja, die sammeln solches Zeugs. Komisch, ich kann bei so was nichts finden. – Du, Hinnerk?«

»Die Menschen sind eben verschieden«, antwortete der Freundliche. »Also fahren Sie zu Professor Soundso Dieunddiestraße ...«

Hein Martens fährt. Schon etwas leichter klopft nun sein Herz, er hat kehrtgemacht, er ist beim Wiedergutmachen. Er denkt auch daran, sich sein Haar zu kämmen, den Schlips zu richten – vorhin kam es nicht darauf an, wie er aussah. Jetzt ist es wieder wichtig geworden.

Aber er muß sehr hartnäckig sein, um beim Professor vorgelassen zu werden. Da brennt schon der Baum, da hört er Kindergelächter ...

»Es muß sein!« beharrt er.

Schließlich, draußen auf der Diele, empfängt ihn der Professor. »Nein, das ist aber zu schlimm!« schilt er. »Heute abend muß man wirklich seine Ruhe haben! Was wollen Sie denn? Aber sagen Sie es in einer Minute!«

Hein Martens braucht nicht einmal eine Minute. In der geöffneten Hand hält er dem alten, weißbärtigen Herrn den kleinen Buddha hin ...

»Da!« sagt er mit ganz leiser, zitternder Stimme. »Den habe ich heute zehn Minuten vor drei aus dem Museum gestohlen.« Und schweigt.

Der Professor starrt durch seine gewölbten Brillengläser den Störenfried an. Er nimmt den Buddha nicht, obwohl er ihn längst erkannt hat. Er sagt: »Mann! Sie werden doch nicht ... Sie machen sich ja unglücklich ...«

Dann tut er etwas Seltsames. Er greift in die Tasche, zieht seine Uhr heraus. »Es ist jetzt zwanzig nach sechs. Das machte zweieinhalb Stunden Verzweiflung, Einkehr, Reue. Sehr lange Stunden, wie?«

»Ja, sehr lange.«

»Kommen Sie – Sie müssen mir erzählen. – Frieda, ich kann jetzt nicht. In einer Viertelstunde, in einer halben Stunde – ganz egal!« Und er schiebt den Störenfried in ein Zimmer. »So – und nun erzählen Sie – von allem Anfang an!«

Und Hein Martens erzählte, erzählte von Braut und junger Frau, den Besuchen im Museum, den immer drängenderen Wünschen von Elisabeth und dem Ehrenwort. Er erzählte von Herrn Mikimotos Geschenk, der fröhlichen Heimfahrt auf der ›Fröhlichen Neptun‹ – und dem endlichen Sturz des kleinen Buddha in die langsamen, trübgrauen Nordseewellen – drei Seemeilen vor der Alten Liebe.

Dann schwieg er eine Welle, und obwohl die Kinder nach ihrem Vater riefen, drängte ihn der Professor nicht. Und schließlich erzählte er mit leiserer, stockender Stimme weiter, und obwohl das alles eben erst erlebt, so grauenhafte Wirklichkeit war, schien es ihm wie ein böser Traum, als könnte er es gar nicht sein, der das alles getan hatte. Aber es war also doch in ihm, auch das …

Und schließlich verstummte er.

Der Professor sah nachdenklich auf den jungen

Menschen, der da so zerknirscht vor ihm saß, und schließlich fragte er: »Wie alt sind Sie eigentlich?«

»Im Januar werde ich siebenundzwanzig.«

»Da wird es aber Zeit, daß Sie ein Mann werden, nicht wahr? Denken Sie doch, wenn der Diebstahl gleich entdeckt wäre, Ihr ganzes Leben wäre doch verpfuscht ...«

»Das habe ich ja auch gefühlt – schon ohne Entdeckung.«

»Also!« sagte der Professor. »Ich denke doch, Sie haben was gelernt. – Und nun stecken Sie den Buddha wieder ein. – Nein, nur als Leihgabe, morgen nachmittag um fünf liefern Sie ihn mir hier wieder mit Bericht ab. Sie sollen doch heute abend Ihrer Frau einen Buddha schenken können – und da werden Sie merken, Sie ungewöhnlich törichter junger Mann, warum Ihre Elisabeth durchaus einen Buddha haben wollte und heute gar keinen mehr braucht! – Und nun machen Sie, daß Sie fortkommen! Fröhliche Weihnachten übrigens!«

»Fröhliche Weihnachten und vielen, vielen Dank!«

In der kleinen Wohnung steht der daumenlange Buddha auf dem Flur, auf der Spiegelkonsole, genauso wie er bei einem ersten flüchtigen Ansehen hingestellt wurde mit den Worten: »Ganz reizend – aber nun sollst du mein Geschenk sehen!«

Steht da, einsam und verlassen.

Die junge Frau aber sitzt mit ihrem heimgekehrten Mann am Bett des Kindes, und wie einstmals (und doch so anders!) flüstert sie in seine Ohren: »Siehst du nicht, wie herrlich er lächelt, Hein? Wie schön, daß Menschen so lächeln können; es ist das Schönste, was ich je gesehen habe!«

Und er sieht sie dabei lächeln, und dieses mütterliche, stolze Lächeln scheint nun ihm das Herrlichste auf der Welt, und bei diesem Lächeln findet er den Mut, sich ganz nah zu ihr zu beugen und die Geschichte seiner Irrungen zu erzählen: die Geschichte von dem kleinen ertrunkenen Buddha, der jetzt auf dem Grunde der Nordsee lächelt, sein fernes, fremdes Lächeln, weit fort von Schuld, Liebe und Torheit.

Er aber, Hein Martens, zweiter Offizier von der ›Fröhlichen Neptun‹ ist ein Mensch; Schuld und Liebe kennt er, und er findet es gut, kein Gott zu sein, sondern bloß ein törichter Mensch …

Silvester

Nach Weihnachten war das Annoncengeschäft sehr still geworden, und Kufalt hatte sich wieder auf Abonnenten legen müssen, um etwas Geld in die Kasse zu bekommen. Bitter war das. Bei einer Annonce blieben fast mühelos fünf oder acht oder zehn Mark Prozente hängen, und nun mußte er wieder endlos für ganze fünf Viertel Mark reden und unter fünf Malen auch noch vier erfolglos.

Denn mit den Handwerkern, die verhältnismäßig bequeme Kunden gewesen waren, war er nun durch. Jetzt mußte er Haus für Haus abklappern, straßenweise. Nie wußte er genau, was da für Menschen hinter den Türen wohnten, an denen er klingelte, was er sagen mußte, um ihnen angenehm zu sein. Schließlich kam da so eine mißtrauische Frau raus, bei der die feinsten Formen nicht verfingen, die gar nicht erst die Kette losmachte, sondern, ohne ihn anzuhören, die Tür zuschlug: »Wir brauchen nichts.«

Aber es konnte auch vorkommen – und das war vorgekommen –, daß er einmal an ganz unverhoffter Stelle, bei irgendeiner roten Arbeiterfrau, Erfolg hatte, ihr ein Abonnement aufschnackte. Kam er dann aber abends auf den »Boten« , so war der Mann schon dagewesen, hatte Krakeel gemacht und sein Geld zurückverlangt: Sie läsen ihr Soziblatt und nicht solchen Bourgeoisdreck, und wenn er den windigen Kerl von Anreißer erwischte, würde er ihm alle Knochen im Leibe zerschlagen. Arme Frauen dumm zu reden, verdammter Hund, der!

Kraft aber hatte milde bemerkt, zu schlimm sollte es Kufalt auch nicht mit dem Zureden machen, und Kufalt hatte gereizt gefragt, ob Herr Kraft glaube, die Leute jauchzten gleich, daß sie den »Boten« lesen dürften ...?

Dann aber waren die letzten Dezembertage gekommen, und richtig hatte sich das Geschäft in Annoncen wieder lebhafter angelassen, und gar zum Silvestertag hatte Kufalt zweieinhalb Seiten zusammenbekommen. Er hatte aber auch gegrübelt und zu allem andern noch die Spielzeugläden mit ihrem Feuerwerk und die Porzellangeschäfte mit Neujahrstellern mobil gemacht. Und schließlich waren noch all die guten Wünsche an die werte p. t. Kundschaft zum Neujahrsfeste dazugekommen.

Süßsauer lächelnd hatte Kraft wieder einmal zweihundertfünfzehn Mark an Kufalt ausbezahlt, nicht ohne die Bemerkung zu machen: »Wie gewonnen, so zerronnen.«

Das kümmerte Kufalt aber einen Dreck, erstens kamen bald die Inventurausverkäufe, und zweitens hatte er jetzt ein richtiges Sparbuch, und auf dem Sparbuch standen trotz aller Geschenke über tausend Mark. Nein, nichts von zerronnen!

So ging Kufalt denn, abgeseift von Kopf bis Fuß, sauber eingepuppt und mit glänzenden Nägeln, festlich zu den Harders, trank seine paar Gläschen sanften Punsch und hörte befriedigt, wie Frau Harder um halb zehn sagte: »Na, Eugen, für uns wird es jetzt wohl Zeit, wir warten doch nicht bis zum Läuten?«

Der Alte brummte verneinend und sagte: »Aber, Kinder, ihr könnt gerne noch ein bißchen ausgehen. Immer zu Haus hocken ist auch nichts, und übers

Jahr seid ihr ja schon verheiratet, und wer weiß, ob ihr da noch ausgehen könnt.«

Wobei er wieder mal seine Tochter betrachtete.

Hilde verschwand, und dann kam sie in einem entzückenden, hellen, ganz blaß geblümten Kleid wieder, und einen schönen, geflochtenen Goldzopf hatte sie um den Hals ... »Wirklich nett sieht das Mädchen aus«, hatte Harder ganz verwundert gesagt. Und das Rosa in ihren Backen war beinahe rot geworden, und übermütig hatte sie Vater und Mutter einen Kuß gegeben und: »Alles Gute und schlaft schön rüber ins neue Jahr!«

Dann aber waren die beiden Jungen losgezogen, und vom Fenster hatten die beiden Alten ihnen nachgeschaut.

Es schneite leicht, viele Leute waren unterwegs, und in den meisten Schaufenstern am Bummel brannte Licht. Sie schlenderten zuerst ein wenig umher, und Hilde hatte die eine Gardine schön gefunden, er aber eine andere, bis sie sich schließlich auf eine dritte geeinigt hatten.

Sie hatten Möbel angesehen, und ihm war eingefallen, daß in der Helmstädter Straße solch entzükkendes Schlafzimmer ausstand, das er ihr schon immer hatte zeigen wollen. So waren sie denn den langen Weg bis dahin gegangen, um zu finden, daß Tischler Schneeweiß sein Schaufenster nicht beleuchtet hatte.

Hier aber waren sie in der Nähe vom Rendsburger Hof, und Hilde bat ihren Willi, doch einen Augenblick da hineinzugehen; sicher wollte sie sich ihren ehmaligen Freundinnen mit Bräutigam präsentieren.

»Und da haben wir uns doch zum ersten Male gesehen, und ich habe dich auch gleich gesehen. Aber wie du mich so anstarrtest, durfte ich es ja nicht merken lassen. Und weißt du noch, wie du der Wrunka und mir beinahe bis auf die Toilette nachgelaufen bist? Der geht ran, hat die Wrunka gleich gesagt. Komm, wir sehen nur einen Augenblick rein, wenn es auch nicht so fein ist da ...«

Er aber schlug es ihr rundweg ab, denn sicher würden sie angepöbelt. Ihm war so was nicht piepe, und daß man ihr ausgerechnet in seiner Gegenwart die Jungfer mit Kind vorhalten wollte, und womöglich warfen die ihm noch das Kittchen vor, und sicher war der kleine Emil Bruhn da ... »Also, unter allen Umständen, nein!«

Er dagegen hatte ein kleines Kellerlokal am Markt

für sie beide in Aussicht genommen, ein Café Zentrum, das ihn schon immer durch irgendwas Verstaubtes, Verludertes gelockt hatte, in das er aber bisher durch irgendeinen Zufall noch nicht gekommen war. Doch kaum sprach er Hilde davon, als sie nun wieder dies Lokal entschieden ablehnte.

»Nein, unter keinen Umständen! Nein.«

»Was hast du denn dagegen? Ich wollte es mir doch nur mal ansehen.«

»In solch Lokal geh ich nicht!«

»Aber du mußt doch sagen können, warum!«

»In solch ein Ding – was die Leute davon erzählen!«

»Bist du denn einmal drin gewesen?«

»Ich ...? Nein, nein, und ich geh auch nicht rein. Auch mit dir nicht.«

Sie standen noch immer an der Ecke beim Tischlermeister Schneeweiß, es war dunkel und zugig, sie froren.

Ein Mann kam vorüber, er hatte gemerkt, daß sie sich stritten, er rief:

»Na, Lottchen, will he nich? Schall ick em en beten an de Büx?«

»Komm!« sagte Kufalt hastig und ging mit ihr los.

Der betrunkene Silvesterschwärmer rief ihnen eine Schweinerei nach.

Sie gingen eilig, lose ineinander eingehängt, dem Stadtinnern zu.

»Ich möchte wohl wissen«, sagte Kufalt aus tiefstem Nachsinnen, »warum du nicht in das Café Zentrum willst.«

»Weil ein anständiges Mädchen nicht in solch ein Café geht.«

»Ach nee?! Und auf den Rendsburger Hof geht solch Madchen zum Schwof?«

Sie machte sich mit einem Ruck von ihm los, sie rief verzweifelt, und sie war wirklich verzweifelt: »O Willi, Willi, mußt du mich denn immer quälen?!«

»Quälen ...?!« fragte er verblüfft, »immer quälen ...?! Weil ich mit dir in ein Café gehen will?«

Sie sah ihn einen Augenblick an, ihr Gesicht zuckte, ihre Lippen bewegten sich, sie wollte etwas sagen. Aber dann nahm sie nur seinen Arm und bat leise: »Komm, bring mich nach Haus.«

»Wir gehen doch jetzt nicht nach Haus!« rief er verblüfft. »Wenn du eben durchaus nicht ins Zentrum willst, gehen wir woandershin. Ist dir Café Berlin recht?«

Sie antwortete nicht, und nach einem Augenblick merkte er, daß sie leise vor sich hin weinte.

»Nicht, Hilde«, sagte er und sah nach den Leuten. »Nicht doch.«

»Es ist gleich wieder gut«, sagte sie schluckend. »Komm, wir stellen uns einen Augenblick an das Schaufenster.«

»Aber warum weinst du denn? Wieso quäle ich dich denn? Sag doch, Hildeken, ich versteh ja nichts.«

»Nichts, nichts«, sagte sie, schon wieder lächelnd. »Jetzt reib ich mich nur ein bißchen ab und schnaub die Nase ...«

»Aber ich möchte doch gerne ...«, fing er hartnäkkig wieder an.

»Bitte nicht«, sagte sie. »Wir wollen heute doch lustig sein.«

Und sie waren es dann auch. Denn im Café Berlin gab es einen herrlichen sächsischen Komiker, der so gut sächsisch sprach, daß man ihn sogar verstand, und der sie ununterbrochen lachen ließ, und eine Spitzentänzerin mit rasierten Achselhöhlen und weißgepuderter Brust – und eine ältere Dame sang ungemein freche Lieder ...

Sie saßen im Trubel, alles lachte, schrie, trank, jubelte. Konfetti hagelte, Papierschlangen hüllten sie ein, und sie saßen stocksteif, diese Zier nicht zu zerreißen. Dann spielte die Kapelle einen Tusch, und es war Mitternacht. Sie gaben sich feierlich die Hände.

»Auf ein recht gutes Jahr, Hilde, für uns beide!«

»Dir auch, mein Willi! Dir auch!! Ach, mein Willi!«

Sie tranken noch einen kleinen Grog, und Hildes Backen fingen zu glühen an. Sie erzählte, kleines Geschwätz, Getratsch, was die eine ausgefressen und wie verrufen die andere war und was die dritte sich alles einbildete ...

»Aber ich bin auf keine neidisch. Wo ich meinen süßen Willi habe. Und jetzt noch einen süßen Willi – zwei süße Willis ...«

Sie lachte laut. Und wenn auch dies Geschwätz und Lachen im allgemeinen Trubel untergingen und kaum einer den Kopf nach den beiden an der Wand drehte – Kufalt war es doch peinlich, und doppelsinnig war es auch, das Gerede von den beiden süßen Willis, und nett war ihr Lachen auch nicht gewesen ...

»Komm, Hilde, wir gehen.«

»Aber du kannst doch morgen ausschlafen!«

»Wir gehen noch wohin, wo wir tanzen können.«

»Fein« , sagte sie. Sie lachte. »In den Rendsburger Hof.« Ihre Augen funkelten wagemutig. »Da hast du wohl deine andere Braut, die du nicht zeigen willst?«

Er fragte böse: »Und wen hast du im Café Zentrum?«

Einen Augenblick war sie verlegen, dann lachte sie los.

»Bist du eifersüchtig, armer Willi? Nein, du brauchst nicht eifersüchtig zu sein, ich bleib dir treu und laß mich nicht verführen ...«

Sie sang es nach einer Schlagermelodie.

Leute umher lachten beifällig. »Das Mädchen ist richtig.«

»Komm doch, Hilde«, bat er. Und dachte: Und hat sich doch von mir verführen lassen, und wenn von mir, ist auch jeder andere möglich ...

Eine tiefe Traurigkeit erfüllte ihn. Was hat das denn alles für einen Sinn! dachte er. Ich hab' ja nichts mit ihr zu tun, ich mag sie nicht einmal gerne. Und weswegen denn alles? Wirklich nur, weil sie sich damals nicht mehr sehen ließ und weil ich ein bißchen Mitleid mit ihr hatte? Ach, nur das Fleisch, nur das Fleisch, bei jeder andern wäre es auch noch einfacher, und ich brauch's nicht einmal, das Fleisch ... Wenn man doch rauskäme, fortkäme, wegkäme ... Dies geht im Leben nicht gut. Wenn man doch einmal ganz von frischem anfangen könnte ...!

»Woran denkst du?« fragte sie.

»An nichts Besonderes«, antwortete er.

Dann aber kamen sie doch nicht mehr zum Tanzen, sondern irgendwie landeten sie in einer kleinen Weinstube und tranken noch eine Flasche Süßwein. Hilde war traurig gewesen und gereizt, übermütig, lustig und geschwätzig – jetzt, von der Flasche Wein, wurde sie einfach müde, todmüde, die Augen klappten ihr zu. »Bitte, bring mich nach Haus, Willi, bitte!«

Vor der Haustür stand sie, beinahe wankend vor Schläfrigkeit, in seinem Arm.

»Noch einen Kuß, Willi. Oh, bin ich müde!«

»Ich aber auch«, sagte er.

Es war, als ermuntere sie sich etwas. »Nicht wahr, du gehst gleich nach Haus, du gehst nicht mehr irgendwohin.«

»Wohin soll ich denn jetzt noch gehen um vier? Ich hau mich sofort hin.«

»Ganz bestimmt?«

»Aber todsicher«, sagte er und versuchte zu lachen.

»Gibst du mir dem Ehrenwort?«

»Aber natürlich geb ich dir mein Ehrenwort. Ich geh gleich nach Haus.«

Sie schwieg, irgendwie schien sie unzufrieden zu sein und nachzudenken.

»Also, Hildeken«, sagte er und reichte ihr die Hand.

Sie nahm ihn ganz fest in die Arme. »Mein Willi, mein lieber, süßer Willi ...« Sie küßte ihn, sie flüsterte: »Komm doch mit, mein süßer Willi, die Eltern gehen nie in mein Zimmer ...«

»Nein, nein«, sagte er erschrocken.

»Aber warum denn nicht? Ich sehn mich so nach dir. – Willi, ich halt das nicht aus! Was hast du gegen mich? Bis Ostern halt ich das nicht mehr aus.«

»Denk doch an den Jungen, Hilde. Das geht doch nicht.«

»Ach, der Junge wird nie vor acht wach. Ich weiß das doch. Komm schon. Einmal, nur einmal, Willi.«

»Nein«, widerstand er. »Nein, ich will das nicht. Nachher passiert was, und alle reden über uns.«

»Das tun sie doch schon so. Das kann uns doch egal sein.«

»Nein, ich tu es nicht. Sei vernünftig, Hilde, denk doch, die paar Wochen bis Ostern!« Er nahm sie in seinen Arm, er tröstete sie (und wußte dabei: Jedes Wort war unwahr. Etwas anderes würde geschehen. Was aber das andere war, das geschehen würde, das wußte er nicht).

»Denk doch daran, wie schön wir es dann haben werden, ganz allein in unserer eigenen Wohnung für uns, ein helles freundliches Zimmer. Und ich glaub bestimmt, ich schaff es mit den blauseidenen Steppdecken statt der Federbetten. Dann können wir alle auslachen, und niemand kann uns noch etwas wollen, und es ist alles viel sauberer als so in der Heimlichkeit, und vor deinen Eltern müßte ich mich auch schämen. Jetzt kann ich die doch grade ansehen ...«

»Aber du hast doch ...!« rief sie verständnislos und erschrocken aus. »Du hast doch schon einmal, Willi ...«

Sie sahen sich an.

»Also ich geh jetzt nach Haus«, sagte er böse. »Ich glaub du hast einen sitzen, gute Nacht.«

Er wartete ihr »Gute Nacht« nicht ab, er wartete nicht ab, bis sie über den Hof verschwand.

Im Fortgehen hatte er, obwohl er sich nicht umdrehte, das ganz genaue Bild vor ihr vor Augen, wie sie dastand, ihm nachstarrend, Todesangst im Blick.

Quellenverzeichnis

Die mit einem Stern (*) bezeichneten Titel stammen vom Herausgeber.

Weihnachten in Berlin.* In: Damals bei uns daheim. Erlebtes, Erfahrenes und Erfundenes. Aufbau-Verlag Berlin und Weimar 1982. (Ausgewählte Werke in Einzelausgaben, Band 10)

Der gestohlene Weihnachtsbaum. In: Märchen und Geschichten. Aufbau-Verlag Berlin und Weimar 1985. (Ausgewählte Werke in Einzelausgaben, Band 9)

Essen und Fraß. In: Länge der Leidenschaft. Die schönsten Erzählungen. Berlin: Aufbau Taschenbuch 1997. © Aufbau-Verlag GmbH, Berlin 1994.

Eine Weihnachtsfreude.* In: Heute bei uns zu Haus. Ein anderes Buch. Erfahrenes und Erfundenes. Aufbau-Verlag Berlin und Weimar 1983 (Ausgewählte Werke in Einzelausgaben, Band 10)

Der parfümierte Tannenbaum. In: Kleiner Mann – was nun? Roman. Aufbau-Verlag Berlin und Weimar 1982. (Ausgewählte Werke in Einzelausgaben, Band 2)

Christkind verkehrt. In: Märchen und Geschichten. Aufbau-Verlag Berlin und Weimar 1985. (Ausgewählte Werke in Einzelausgaben, Band 9)

Weihnachten der Pechvögel. In: Tägliche Rundschau, Berlin, 25. Dezember 1946.

Die Finken sind wieder da.* In: Die verlorenen Grünfinken. In: Märchen und Geschichten. Aufbau-Verlag Berlin und Weimar 1985. (Ausgewählte Werke in Einzelausgaben, Band 9)

Das versunkene Festgeschenk. In: Gesammelte Erzählungen. Reinbek 1967.

Silvester.* In: Wer einmal aus dem Blechnapf frißt. Aufbau-Verlag Berlin und Weimar 1976. (Ausgewählte Werke in Einzelausgaben, Band 3)

Charles Dickens
Es lebe die Weihnacht in all ihrer Pracht
Weihnachten mit Charles Dickens
160 Seiten. Gebunden
ISBN 978-3-351-03489-4
Auch als E-Book erhältlich

Das Fest mit Kobolden und dem Geist der Weihnacht

In seinen Geschichten erinnert sich Charles Dickens der Festtagsfreuden seiner Kindheit, erzählt von großen Familienfeiern in der Stadt und von abenteuerlichen Winterfahrten mit der Postkutsche über Land. Auf seine unnachahmliche humoristische Weise vergegenwärtigt er die Sehnsüchte, die sich mit dem Fest der Liebe, der Versöhnung und der Mitmenschlichkeit verbinden. Selbst Geister und Kobolde bietet er auf, damit sie den Hartherzigen in der Heiligen Nacht eine Lektion erteilen.

Regelmäßige Informationen erhalten Sie über unseren Newsletter. Jetzt anmelden unter: www.aufbau-verlag.de/newsletter

aufbau

Theodor Storm
Und kerzenhelle wird die Nacht
Weihnachten mit Theodor Storm
144 Seiten. Gebunden
ISBN 978-3-351-03492-4
Auch als E-Book erhältlich

Weihnachten mit Theodor Storm

Die Weihnachtszeit war nicht nur für den Jungen, sondern auch später für den Ehemann und Vater einer großen Kinderschar alljährlich der Höhe- und Ruhepunkt eines wechselvollen Lebens. Ob in Husum, Potsdam, Heiligenstadt oder Hademarschen, immer verband Theodor Storm mit diesem Fest das Strahlen des reichgeschmückten Tannenbaums, die Freude der Bescherung mit all ihren Überraschungen und Glücksmomenten. In seinen Briefen lässt er Verwandte, Freunde und Dichterkollegen an den weihnachtlichen Vorbereitungen der ganzen Familie und dem Glanz des Heiligabends teilnehmen.

Regelmäßige Informationen erhalten Sie über unseren Newsletter. Jetzt anmelden unter: www.aufbau-verlag.de/newsletter

aufbau